W0328406

UNION GÉNÉRALE D'ÉDITIONS
8, rue Garancière - Paris VIe

Du même auteur
dans la collection 10/18

Un privé à Babylone, n° 1551.
Sucre de pastèque/La pêche à la truite en amérique, n° 1624.

chez Christian Bourgois Éditeur

Le général sudiste de Big Sur, traduit par Michel Doury.

Le monstre des Hawkline, western gothique, traduit par Michel Doury et Lorraine de Valdène.

Mémoires sauvés du vent, traduit par Marc Chénetier.

Un privé à Babylone, roman policier, traduit par Marc Chénetier

Retombées de sombrero, roman japonais, traduit par Robert Pépin.

Sucre de pastèque/La pêche à la truite en Amérique, traduit par Michel Doury.

Tokyo-Montana express, traduit par Robert Pépin.

La vengeance de la pelouse, nouvelles, 1962–1970, traduit par Marie-Christine Agosto.

Willard et ses trophées de bowling, une énigme et quelques perversions, traduit par Robert Pépin.

LE GÉNÉRAL SUDISTE DE BIG SUR

PAR

RICHARD BRAUTIGAN

Traduit de l'américain
par Michel DOURY

10|18

CHRISTIAN BOURGOIS ÉDITEUR

Titre original:
A Confederate General from Big Sur

© Richard Brautigan 1964
et Christian Bourgois Éditeur 1975 pour
la traduction française
ISBN - 2-264-00605-6

pour ma fille Ianthe

PROLOGUE

LA DOUCE ET VIEILLE CHANSON DE L'USURE

Les archives montrent que 425 personnes ont été élevées par le Président à l'un des quatre grades d'officier général. A la fin de la guerre, 299 avaient encore ce grade. Quant à l'usure, elle se décompose de la façon suivante :

Morts au champ d'honneur ou des suites de leurs blessures	77
Ont démissionné	19
Morts par accident ou de mort naturelle	15
Révoqués	5
Ont refusé leur nomination	3
Tués « en combat singulier »	2
Assassiné	1
Mort par suicide	1
Lâché	1
Mis à la retraite en raison de ses blessures	1
Rétrogradé au grade de colonel	1
Total	126

DITES DONC,
QU'EST-CE QUE VOUS FAITES,
A PART ETRE GENERAL SUDISTE ?

Avocats, juristes	129
Soldats de métier	125
Hommes d'affaires (y compris banquiers, industriels, négociants)	55
Fermiers, planteurs	42
Politiciens	24
Enseignants	15
Ingénieurs	13
Etudiants	6
Médecins	4
Ministres	3
Hommes de la frontière, officiers de paix	3
Agents Indiens	2
Officiers de marine	2
Rédacteur en chef	1
Soldat de fortune	1
Total	425

PREMIERE PARTIE

LE GENERAL SUDISTE DE BIG SUR

LE GENERAL SUDISTE DE BIG SUR

La première fois que j'ai entendu parler de Big Sur, j'ignorais que c'était un des Etats confédérés d'Amérique. J'avais toujours pensé que les Etats confédérés sudistes, c'étaient la Géorgie, l'Arkansas, le Mississippi, la Floride, l'Alabama, la Louisiane, la Caroline du Sud, la Virginie, le Tennessee, la Caroline du Nord et le Texas. Je m'arrêtais là. Je ne savais pas que Big Sur en faisait également partie.

Big Sur, douzième membre des Etats confédérés d'Amérique ? Franchement, c'est difficile de croire que ces rudes montagnes perdues, que ces plages abruptes de Californie furent révoltées, que les séquoias, les tiques et les cormorans brandirent le drapeau des rebelles tout au long de cette étroite bande de terre entre Monterey et San Luis Obispo.

Les montagnes de Santa Lucia, repaire millénaire des lions des neiges et des lilas, un foyer de sécession ? L'océan Pacifique, cour des miracles du varech et des coquillages, envoyant des représentants au Congrès des Confédérés, à Richmond, en Virginie ?

J'ai entendu dire qu'à l'époque de la guerre

de Sécession, la population de Big Sur était surtout composée de quelques Indiens Digger — ou Indiens fouisseurs. On dit que ces Indiens ne portaient pas de vêtements. Ils n'avaient ni feu, ni abri, ni culture. Ils ne faisaient rien pousser. Ils ne chassaient pas et ne pêchaient pas. Ils n'enterraient pas leurs morts et ne donnaient pas naissance à leurs enfants. Ils vivaient de racines et de bernicles, et restaient agréablement assis sous la pluie.

J'imagine l'expression qui se peignit sur le visage du général Robert E. Lee lorsque toute cette équipe s'amena, portant les étranges cadeaux de l'océan Pacifique.

Ce fut au second jour de la bataille de Wilderness, au nord-est de la Virginie. Les troupes sudistes d'A.P. Hill, braves mais épuisées, avaient été attaquées à la pointe du jour par le corps d'armée du général nordiste Hancock, fort de trente mille hommes. Les troupes d'A.P. Hill furent désorganisées par cette attaque, et elles battirent en retraite dans la confusion la plus complète le long d'Orange Plank Road.

Le colonel William Poague, il avait vingt-huit ans et c'était un des meilleurs artilleurs sudistes, attendait avec une batterie de seize canons dans une des rares clairières de Wilderness, à la ferme de la veuve Tapp. Le colonel Poague avait fait charger ses pièces à mitraille, et il ouvrit le feu dès que les hommes d'A.P. Hill eurent à peine dépassé Orange Plank Road.

L'assaut des troupes nordistes se figea sous ce feu d'artillerie marmoréen : soudain, les

Nordistes virent des éclats de marbre enfoncer leur centre et déchiqueter leurs ailes. Au moment de l'attaque, l'histoire changea leurs corps en statues. Cela ne leur plut pas, et la vague d'assaut commença à se replier le long d'Orange Plank Road. Planche orange, joli nom pour une route.

Le colonel Poague et ses hommes tenaient le terrain seuls, sans le secours de l'infanterie. Cernés, ils se souciaient peu du nom de cette route. Ils étaient là pour toujours, et le général Lee était juste derrière eux dans un nuage de poussière de marbre qui s'élevait des canons. Il attendait l'arrivée du général Longstreet et de ses renforts. Les hommes de Longstreet avaient des heures de retard.

Puis les premiers arrivèrent. La vieille brigade du Texas de Hood, conduite par John Gregg, s'enfonça parmi les troupes désorganisées d'A.P. Hill, et ces Texans furent très surpris car les hommes d'A.P. Hill constituaient la troupe d'élite de l'armée sudiste, et voilà qu'ils les trouvaient en pleine déroute.

« Quelle troupe êtes-vous, les gars ? » demanda Lee.

« Les Texans ! » hurlèrent les hommes et rapidement ils se mirent en ordre de bataille. Ils n'étaient pas mille et ils se mirent en marche vers ce gouffre des troupes fédérales.

Lee avançait au milieu d'eux, il montait son beau cheval gris, Traveller, il faisait corps avec cette vague. Mais ils l'arrêtèrent en criant « Lee à l'arrière ! Lee à l'arrière ! »

Ils lui firent faire demi-tour, et le renvoyèrent passer une vieillesse paisible comme président du Washington College, qu'on appela ensuite Washington & Lee.

Puis, pleins d'une fureur bestiale, ils se ruèrent en avant, sans se soucier de leurs ombres humaines. Pour ce genre de choses, c'était un peu tard.

En moins de dix minutes, les Texans avaient cinquante pour cent de pertes, mais ils avaient arrêté l'assaut nordiste. C'était comme mettre son doigt dans l'océan pour l'arrêter, mais rien qu'un instant car le tribunal d'Appomattox n'était qu'à un an de là — pour le moment encore paisiblement inconnu.

Lorsque Lee arriva à l'arrière, le 8e régiment de Big Sur, composé de forts mangeurs de racines, allait au rassemblement. L'air était plein de l'odeur des racines et des patelles. Et le 8e régiment des volontaires de Big Sur — forts mangeurs de racines — allant au rapport, c'était comme un vent d'automne qui soufflait sur l'armée de la Virginie du Nord.

Ils firent tous cercle autour du cheval de Lee, car c'était la première fois de leur vie qu'ils voyaient un cheval. Un de ces Indiens fouisseurs offrit une patelle à Traveller.

La première fois que j'entendis parler de Big Sur je ne savais pas que ça appartenait à la Confédération aujourd'hui défunte des Etats d'Amérique, un pays aussi démodé qu'une idée, un abat-jour, ou un plat que les gens ne préparent plus, alors qu'il était jadis en honneur dans des milliers de foyers.

C'est seulement grâce à un Lee d'une autre couleur, Lee Mellon que je découvris la vérité sur Big Sur. Lee Mellon, qui est le drapeau et les tambours de ce livre. Lee Mellon : un général sudiste en ruine.

LES DENTS MOUVANTES DE LEE MELLON

Avant d'aller plus loin dans ce récit militaire, il est nécessaire de parler des dents de Lee Mellon. C'est tout à fait nécessaire. Depuis cinq ans que je connais Lee Mellon, il a dû avoir cent soixante quinze dents dans la bouche.

C'est la conséquence de ce don très rare qu'il a de se faire enfoncer les dents. C'est presque du génie. On dit que John Stuart Mill savait lire le grec à l'âge de trois ans, et qu'il avait écrit une histoire de Rome à six ans et demi.

Mais la chose stupéfiante en ce qui concerne les dents de Lee Mellon, c'est leur position étrange et changeante dans les différents râteliers qu'elles considéraient comme leur domicile, hélas provisoire. Je le rencontrais dans Market Street : il n'avait qu'une dent en haut à gauche. Je le revoyais des mois plus tard dans Grant Avenue : il avait trois dents en bas à droite et une en haut à droite.

Je le revoyais rentrant de Big Sur, avec les

quatre dents du devant en haut, et deux en bas à gauche. Quelques semaines plus tard à San Francisco, il portait son dentier du haut mais sans une seule dent dessus, juste pour pouvoir mordre dans le croquant, et empêcher ses joues de tomber dans sa bouche.

J'ai fini par m'habituer à cette fantaisie dentaire. A chaque fois que je le rencontre, je lui jette un coup d'œil dans la bouche pour voir où cela en est, savoir s'il a travaillé, quels livres il a lus, si c'est Sara Teasdale ou *Mein Kampf*, et avec qui il couche : brune ou blonde.

Lee Mellon m'affirma qu'une fois au cours des Temps Modernes, il a eu toutes ses dents dans la bouche en même temps pendant toute une journée. Il conduisait un tracteur dans le Kansas, à faire la navette au milieu d'un champ de blé, et son dentier inférieur lui faisait un drôle d'effet dans la bouche, alors il l'ôta pour le mettre dans la poche de sa chemise. Les dents tombèrent de sa poche, et il fit marche arrière dessus avec son tracteur.

Lee Mellon me confia avec tristesse qu'après s'être aperçu que son râtelier était tombé de sa poche, il lui avait fallu près d'une heure pour le retrouver, et dans un tel état que cela ne valait même plus la peine de le retrouver.

MA PREMIERE RENCONTRE AVEC LEE MELLON

La première fois que j'ai rencontré Lee Mellon, c'était il y a cinq ans à San Francisco. C'était au printemps. Il était venu à pied de Big Sur. En route, un riche pédé s'était arrêté et l'avait emmené dans sa voiture de sport. Ce riche pédé avait offert dix dollars à Lee Mellon pour commettre un acte buccal immoral.

O. K., dit Lee Mellon et ils s'arrêtèrent dans un coin écarté où il y avait des arbres qui escaladaient le flanc de la montagne jusqu'à une forêt qui s'étalait au-delà des montagnes.

« Après vous », dit Lee Mellon, et ils s'enfoncèrent parmi les arbres, avec le riche pédé qui ouvrait la marche. Lee Mellon ramassa un gros caillou et il en fila un grand coup sur la gueule du pédé.

« Ouch ! » s'écria le riche pédé en s'effondrant. Cela lui avait fait drôlement mal, et le riche pédé se mit à implorer la vie sauve.

« Pitié ! Pitié ! Je ne suis qu'un pauvre petit pédé riche et solitaire qui voulait s'amuser un peu. Je n'ai jamais fait de mal à personne. »

« Arrête de déconner », lui dit Lee Mellon.

« Et donne-moi tout ton argent et les clefs de ta voiture. C'est d'ailleurs tout ce que je veux, riche pédé. »

Le riche pédé en question donna à Lee Mellon deux cent trente-cinq dollars, les clefs de sa voiture et sa montre.

Lee Mellon n'avait pas parlé de la montre du riche pédé, mais se disant que ç'allait bientôt être son anniversaire, il allait avoir vingt-trois ans, Lee Mellon prit la montre et la mit dans sa poche.

Le riche pédé passait le meilleur moment de sa vie. Un pillard grand, jeune, séduisant et sans une dent était en train de lui piquer ses sous, sa voiture et sa montre.

Cela ferait une formidable histoire à raconter aux riches pédés de ses amis.

Le riche pédé tâta la bosse sur son crâne. Elle levait comme une brioche. Le riche pédé espérait qu'elle ne se passerait pas de sitôt.

« Bon, je m'en vais », dit Lee Mellon. « Toi, tu restes assis là jusqu'à demain matin. Si tu bouges d'un centimètre, je reviens et je t'écrase avec ta bagnole. Je suis au bout du rouleau, et ce que je préfère au monde, c'est d'écraser les riches pédés. »

« Je ne bougerai pas jusqu'à demain matin », dit le riche pédé. Cela pour lui avait un sens. Après tout, Lee Mellon commençait bien à lui faire l'effet d'un salaud, malgré toute sa séduction.

« Je ne bougerai pas d'un centimètre », promit le riche pédé.

« Ça c'est un gentil pédé riche », dit Lee Mellon, et il abandonna la voiture à Monterey pour prendre le car de San Francisco.

La première fois que je rencontrai ce jeune pillard, cela faisait quatre jours qu'il ne dessoûlait pas, grâce aux fonds confisqués. Il s'acheta une bouteille de whiskey et il alla la boire dans une impasse. C'est comme ça qu'on fait les choses à San Francisco.

Avec Lee Mellon, nous avons fait une sacrée foire, et nous sommes tout de suite devenus amis. Il dit qu'il cherchait un endroit où s'installer. Il lui restait un peu des sous du riche pédé.

Je lui ai dit qu'il y avait une chambre libre sous le grenier où j'habitais dans Leavenworth Street, et Lee Mellon me dit, Salut voisin.

Lee Mellon savait qu'il n'y avait aucun danger de voir le riche pédé aller trouver la police. « Ce riche pédé doit encore être assis là-bas à Big Sur », dit Lee Mellon. « J'espère qu'il ne va pas mourir de faim. »

AUGUSTUS MELLON, CSA

La première fois que j'ai rencontré Lee Mellon, la nuit fila jusqu'à la dernière goutte de whiskey. Lorsque vint l'aube, nous étions sur l'*Embarcadero* et il pleuvait. C'étaient les mouettes qui avaient commencé tout cela, avec leurs cris rauques et gris, qui flottaient dans la lumière presque comme des drapeaux. Un bateau appareillait. Un bateau norvégien.

Peut-être retournait-il en Norvège, avec dans sa cale les peaux de cent soixante-trois tramways, part du commerce mondial. Ah, le commerce : un pays échangeant des produits avec un autre pays, comme à l'école primaire. Ils avaient échangé un matin de printemps pluvieux à Oslo contre cent soixante-trois peaux des tramways de San Francisco.

Lee Mellon regarda le ciel. Parfois, quand on rencontre des gens pour la première fois, ils regardent le ciel. Il le regarda longtemps. « Qu'est-ce que c'est ? » J'avais dit cela, parce que je voulais devenir son ami.

« Des mouettes. Celle-là. » Et il me montra du doigt une mouette, mais je pouvais pas savoir laquelle c'était, car il y en avait des quantités, appelant l'aube de tous leurs cris. Puis il ne dit plus rien pendant un moment.

Oui, on pouvait penser aux mouettes. Nous étions horriblement fatigués, avec une gueule de bois terrible, et nous étions même encore un peu soûls. C'est simple... les mouettes. Le passé, le présent et l'avenir défilant dans le ciel comme un bruit de fanfare.

Nous nous sommes arrêtés quelque part pour prendre un café. Café qui nous fut apporté par la serveuse la plus laide du monde. Je lui donnai un nom imaginaire : Thelma. C'est le genre de choses que je fais.

Je m'appelle Jesse. J'aurais tort de vouloir essayer de la décrire, mais elle semblait parfaitement à sa place dans ce café, avec cette vapeur lumineuse qui montait de nos tasses. Par contre, Hélène de Troie aurait été parfaitement déplacée. « Qu'est-ce qu'Hélène de Troie fout ici ? » aurait pu demander un docker. Il n'aurait pas compris. Si bien que, pour des gens comme nous, ce fut Thelma.

Lee Mellon me dit qu'il était né à Meridian, Mississippi. Il avait grandi en Floride, en Virginie et en Caroline du Nord. « Près d'Asheville », ajouta-t-il. « C'est le pays de Thomas Wolfe. »

« Ouais. »

Lee Mellon n'avait pas l'accent du Sud. Je lui ai dit : « T'as pas tellement l'accent du Sud. »

« Exact, Jesse », répondit Lee Mellon. « Mais quand j'étais gosse, j'ai beaucoup lu Nietzsche, Schopenhauer et Kant. »

Ce qui d'une façon ou d'une autre avait dû le débarrasser de son accent du Sud. C'est du moins ce que pensait Lee Mellon. Impossible de discuter, car je n'ai jamais fait l'essai d'un accent du Sud contre les philosophes allemands.

« A seize ans, je me glissais aux cours de l'université de Chicago, et j'ai vécu avec deux étudiantes noires extrêmement cultivées », dit Lee Mellon. « Nous couchions tous les trois dans le même lit. C'est ce qui m'a aidé à perdre mon accent du Sud. »

Sans trop savoir ce que je disais, je lui répondis : « Oui, ça devrait être efficace. »

Thelma, la serveuse la plus laide du monde, vint nous demander si nous voulions prendre notre petit déjeuner. Les crêpes étaient bonnes, les œufs au jambon aussi, et très nourrissants. « Laissez-vous tenter », dit Thelma.

Je pris les crêpes, Lee Mellon les crêpes, les œufs au jambon et encore des crêpes. Il ne s'intéressait pas du tout à Thelma et il continua à me parler du Sud.

Il me dit qu'il avait habité une ferme près de Spotsylvania, en Virginie, et qu'enfant, il avait passé beaucoup de temps à parcourir le champ de bataille de Wilderness.

« Mon grand-père s'y est battu », dit-il. « Fameux général sudiste, pour sûr. J'ai été bercé par les aventures du général Augustus Mellon, C.S.A. Il est mort en 1910, la même année que Mark Twain. L'année de la comète de Halley. Il était général. As-tu déjà entendu parler du général Augustus Mellon ? »

« Non, mais c'est pas de la tarte. Un général sudiste, bigre. »

« Ouais, nous autres, chez les Mellon, on a toujours été très fiers du général Augustus Mellon. Il y a une statue de lui quelque part, mais je ne sais pas où.

« Mon oncle Benjamin passa deux ans à essayer de trouver cette statue. Il parcourut tout le Sud dans un vieux camion où il dormait la nuit. Cette statue doit, dans un jardin public quelconque, être en train de se couvrir de lierre. On n'accorde pas assez de respect à nos défunts. A nos grands héros. »

Nos assiettes étaient aussi vides que les ordres d'une bataille à imaginer, dans une guerre qu'on n'aurait pas encore inventée. Je dis adieu à la serveuse la plus laide du monde, mais Lee Mellon insista pour payer l'addition, et il reluqua Thelma de près.

Peut-être la voyait-il pour la première fois et, autant que je me souvienne, il n'avait rien dit à son propos quand elle nous avait apporté le café et le petit déjeuner.

« Je vous donnerai un dollar pour un baiser », dit Lee Mellon pendant qu'elle lui rendait la monnaie sur un billet de dix dollars provenant de l'argent de ce riche pédé à qui il avait filé un coup sur la tête à l'aide d'un caillou.

« Certainement », répondit-elle le plus sérieusement du monde, et sans manifester le moindre embarras. Comme si cette histoire de se faire embrasser pour un dollar par Lee Mellon faisait partie de son travail habituel.

Lee Mellon lui fit un gros baiser. Ni l'un ni

l'autre ne fit le moindre sourire pour célébrer la chose. Rien ne montrait qu'il plaisantât. Je le suivis. Nous n'en avons jamais reparlé, aussi l'incident reste-t-il intact. Presque.

Comme nous marchions le long de l'*Embarcadero*, le soleil a surgi comme un souvenir et il a rappelé la pluie dans le ciel et Lee Mellon a dit : « Je sais où l'on peut avoir quatre livres de muscat pour un dollar quinze cents. »

Nous y sommes allés. C'était un vieux marchand de vin italien dans Powell Street. Il ouvrait à peine. Il y avait une rangée de tonneaux de vin contre le mur. Le centre de la boutique se perdait dans l'obscurité. Je crois que cette obscurité venait des tonneaux de vin qui sentaient le chianti, le zinfandel et le bourgogne.

« Un demi-gallon de muscat », dit Lee Mellon.

Le vieux qui faisait marcher ce commerce prit le vin sur un rayon derrière lui. Il essuya sur la bouteille une poussière imaginaire. Comme un étrange plombier il était habitué à vendre du vin.

Nous partîmes avec le muscat, pour aller jusqu'au Ina Coolbrith Park qui se trouve dans Vallejo Street. C'était une poétesse contemporaine de Mark Twain et de Brett Harte, pendant la grande renaissance littéraire de San Francisco, vers 1860.

Ina Coolbrith fut bibliothécaire d'Oakland pendant trente-deux ans, et ce fut elle qui mit les premiers livres dans les mains de Jack London enfant. Elle était née en 1841 et mourut en 1928. « Poétesse couronnée de lauriers et aimée de la Californie », ce fut elle aussi sur qui son mari tira à coups de fusil en 1861. Il la manqua.

« Au général Augustus Mellon, fleur de la chevalerie sudiste, et lion sur le champ de bataille ! » s'exclama Lee Mellon, débouchant les quatre livres de muscat.

Nous bûmes ces quatre livres de muscat au Ina Coolbrith Park. Nous pouvions voir la baie de San Francisco au bout de Vallejo Street, étincelante sous le soleil matinal, et le ferry chargé de wagons de chemin de fer qui fait la traversée jusqu'à Marin County.

« Quel guerrier », dit Lee Mellon, mettant le dernier tiers de la dernière once de muscat, « le coin », dans sa bouche.

Eprouvant un léger intérêt pour la guerre de Sécession, et poussé par mon nouveau compagnon, je dis : « Je connais un livre où il y a tous les généraux sudistes. *Les 425*. Il est à la bibliothèque. Allons-y pour voir comment le général Augustus Mellon s'est conduit pendant cette guerre. »

« Excellente idée, Jesse », dit Lee Mellon. « C'était mon arrière-grand-père. Je veux tout savoir sur lui. Sur le champ de bataille, c'était un lion. Le général Augustus Mellon. Hourra pour les exploits héroïques qu'il accomplit pendant la guerre entre les Etats ! Hourra ! Hourra ! Hourra ! HOURRA ! »

Imaginez deux livres de muscat par tête à vingt pour cent d'alcool, ce qui fait quarante. Nous étions encore secoués par cette nuit passée à boire du whiskey. Donc deux livres de muscat multipliées, mises au carré et imaginées. On peut calculer tout ça par ordinateur.

La bibliothécaire nous regarda quand nous entrâmes dans la bibliothèque et prîmes sur un rayon *Généraux en uniforme gris*, d'Ezra J. Warner. Les biographies des quatre cent vingt-cinq généraux étaient classées par ordre alphabétique, et nous ouvrîmes le volume à la page du général Augustus Mellon, enfin, où il aurait dû être. Pendant ce temps, la bibliothécaire se demandait s'il fallait oui ou non appeler la police.

Nous trouvâmes le général Samuel Bell Maxey en serre-file à gauche. Son histoire, c'était à peu près ceci : *Samuel Bell Maxey naquit à Tompkinsville, Kentucky, le 30 mars 1825. Il sortit de l'Académie militaire de West Point en 1846, et fut nommé au feu pour son courage pendant la guerre du Mexique. Il démissionna en 1849 et se consacra à l'étude du droit. En 1857, il partit pour le Texas avec son père, qui était également homme de loi. Ils travaillèrent dans le même cabinet jusqu'au début de la guerre civile. Renonçant à un siège au Sénat du Texas, le fils Maxey organisa le 9ᵉ régiment d'infanterie du Texas, et c'est avec le grade de colonel qu'il rejoignit au Kentucky l'armée du général Albert Sidney Johnston. Il fut promu brigadier-général à compter du 4 mars 1862. Il servit dans l'est du Tennessee, à Port Hudson, et au cours de la campagne de Vicksburg, sous les ordres du général J.E.*

Johnston. En décembre 1863, il fut nommé commandant des Territoires indiens, et pour l'efficacité de l'organisation des troupes avec lesquelles il participa à la campagne de Red River, il fut nommé major-général par le général Kirby Smith le 18 avril 1864. Cependant, le Président ne le confirma pas dans ce rang. Après la guerre le général Maxey reprit la pratique du droit à Paris, Texas. En 1873, il refusa la charge de procureur. Deux ans plus tard, il fut élu au Sénat des Etats-Unis. Il y resta deux législatures, et fut battu en 1887. Il mourut à Eureka Springs, Arkansas le 16 août 1895. Il est enterré à Paris, Texas.

A droite, nous trouvâmes le général Hugh Weedon Mercer. Voici à peu près son histoire : *Hugh Weedon Mercer, petit-fils de Hugh Mercer, qui fut général pendant la Révolution, naquit à « The Sentry Box », Fredericksburg, Virginie, le 27 novembre 1808. Il sortit troisième de la promotion 1828 de West Point. Il fut quelque temps en garnison à Savannah, Géorgie, où il épousa une jeune fille de la bonne société locale. Il démissionna le 30 avril 1835 et s'installa à Savannah. De 1841 à la déclaration de guerre, il fut fondé de pouvoir de la Planters' Bank. Quand la Géorgie fit sécession, Mercer reprit du service dans l'armée sudiste avec le grade de colonel du 1er régiment des volontaires de Géorgie. Il fut nommé brigadier-général le 29 octobre 1861. Pendant la plus grande partie de la guerre, avec une brigade de trois régiments de la Géorgie, le général*

Mercer occupa Savannah, mais il participa avec ses troupes à la campagne d'Atlanta en 1864, d'abord dans la division de W.H.T. Walker, puis dans celle de Cleburne. Pour raison de santé, il accompagna le général Hardee à Savannah après la bataille de Jonesboro, et il ne participa plus à aucune action. Prisonnier sur parole à Macon, Géorgie, le 13 mai 1865, le général Mercer retrouva son activité de banquier l'année suivante à Savannah. Il partit pour Baltimore en 1869 comme courtier et il y resta trois ans. Sa santé s'étant encore altérée, il passa les cinq derniers de sa vie à Baden-Baden, en Allemagne. C'est là qu'il mourut le 9 juin 1877. Sa dépouille mortelle fut renvoyée à Savannah où on l'enterra au Bonaventure Cemetery.

Entre les deux, pas de général Augustus Mellon. De toute évidence, il y avait eu une retraite pendant la nuit. Lee Mellon était effondré. La bibliothécaire ne nous quittait pas des yeux.

« Impossible, impossible », répétait Lee Mellon.

Je lui dis : « Il était peut-être colonel. Il y avait plein de colonels sudistes. Ce n'était pas si mal, d'être colonel. Tu sais bien, les colonels sudistes et tout ça. Et puis tu sais, les plats surgelés, le " Colonel Machin Fried Chicken". » J'essayais de faire passer le choc. Ce n'est pas rien de perdre un général sudiste pour se retrouver avec un colonel à la place.

Peut-être même un major, ou un lieutenant.

Bien sûr, je ne lui parlais pas de major ou de lieutenant. Parce que là, il se serait mis à pleurer. La bibliothécaire nous regardait toujours.

« Il s'est battu à la bataille de Wilderness. Il y fut formidable », dit Lee Mellon. « Il a tranché d'un seul coup la tête d'un capitaine Yankee. »

« Pas mal. Ils ont dû l'oublier. C'est une erreur. Il a dû se passer quelque chose. Des archives ont peut-être été brûlées. Ç'a été une époque très confuse. C'est sans doute ça. »

« Tu parles », dit Lee Mellon. « Je sais bien qu'il y a eu un général sudiste dans ma famille. Il fallait bien un général Mellon pour combattre pour ce pays... Le Sud bien-aimé. »

« Tu parles. »

La bibliothécaire allait décrocher le téléphone.

« Allons-nous-en », dis-je.

« OK. Tu crois vraiment qu'il y avait un général sudiste dans ma famille ? Tu me le promets ? Il y avait un général sudiste dans ma famille ! »

« Je te le promets. »

Je pouvais lire sur les lèvres de la bibliothécaire. Elle disait *Hello, police ?* Un vrai numéro de music hall.

Nous sommes partis plutôt précipitamment, et nous avons cherché l'anonymat parmi les maisons de San Francisco.

« Promets-moi que jusqu'à ta mort tu ne douteras jamais qu'il y eut un Mellon général sudiste. C'est la vérité. Ce bon dieu de bouquin ment. Il y avait un général sudiste dans ma famille ! »

« Je te le promets. » Et c'est une promesse que j'ai tenue.

QUARTIER GENERAL

1.

La vieille maison où j'emmenai Lee Mellon constituait, à sa manière, le logement parfait pour un général sudiste de Big Sur, un général qui venait juste de livrer un petit combat d'embuscade parmi les arbres qui dominent l'océan Pacifique.

La maison appartenait à un dentiste chinois très gentil, mais il pleuvait dans le vestibule. La pluie entrait dans une tabatière cassée, inondait ce vestibule et gondolait le plancher.

Quand le dentiste venait, il mettait un bleu par-dessus ses vêtements de ville. Il rangeait ce bleu dans ce qu'il appelait la pièce aux outils, mais il n'y avait pas un seul outil dans cette pièce, rien que le bleu accroché à un clou.

Il mettait son bleu rien que pour toucher ses loyers. C'était son uniforme. Peut-être que dans le temps, il avait été soldat.

Nous lui montrions l'endroit où la pluie tombait, et la longue flaque qui, floc, floc, traversait tout le vestibule jusqu'à la cuisine commune derrière, mais il refusait de se laisser émouvoir.

« Et voilà », disait-il avec philosophie, puis il allait ôter son bleu qu'il raccrochait à son clou dans « la pièce aux outils ».

Après tout, la maison était à lui. Pour l'acheter, il avait dû arracher des milliers de dents. De toute évidence, cette flaque en plein milieu lui plaisait, et comment discuter avec le peu de loyer que nous payions ?

2.

Même avant que Lee Mellon fasse de cette vieille maison son quartier général officiel à San Francisco au cours de ce printemps déjà lointain, elle était occupée par un intéressant groupe de locataires. Je vivais seul dans le grenier.

Il y avait un professeur de musique en retraite de soixante et un ans qui habitait une chambre juste sous le grenier. Il était espagnol, et les traditions et les attitudes du Vieux Monde tourbillonnaient autour de lui comme une girouette.

A sa façon, c'était le gérant. Il s'était approprié la fonction, comme quelqu'un qui trouverait de vieux vêtements abandonnés sous la pluie, et qui déciderait qu'ils sont à sa taille, et qu'une fois secs, ils seraient tout à fait élégants.

Le lendemain de mon installation au grenier, il vint me dire que le vacarme le rendait enragé.

Il me dit de faire mes paquets et de décamper. Il me dit qu'il n'aurait jamais imaginé, en me louant le local, que j'avais les pieds aussi lourds. Il regarda mes pieds et dit : « Ils sont trop lourds. Ils devront partir. »

Moi non plus je n'en savais rien quand j'avais loué le grenier à ce vieux con. Je pense que ce grenier devait être inoccupé depuis des années. Après toutes ces années de paix et de calme, il avait dû se dire qu'il y avait là-haut une prairie avec une jolie brise tiède qui soufflait parmi les fleurs sauvages, et un oiseau qui se perchait dans les arbres au bord du ruisseau.

Je me le conciliai avec un disque de Mozart, quelque chose avec des cors, et cela marcha. « J'adore Mozart », me dit-il, diminuant d'autant mon fardeau.

Je sentais que mes pieds pesaient de moins en moins comme il regardait le disque en souriant. Je lui rendis son sourire. Je pesais maintenant un tout petit peu plus de dix-sept livres et je dansais dans sa prairie comme un gigantesque pissenlit.

La semaine après Mozart, il partit en vacances en Espagne. Il ne partait que pour trois mois, dit-il, mais il dit que mes pieds devaient continuer à se déplacer sur un chemin de silence. Il dit qu'il avait le moyen de le savoir, même quand il n'était pas là. Ça avait l'air drôlement mystérieux.

Or ses vacances se trouvèrent être plus longues qu'il ne l'avait prévu, car il mourut à son retour à New York. Il mourut comme il descendait la coupée, à quelques pas de l'Amérique. Il n'y arriva pas. Son chapeau, si. Il tomba de sa tête, roula le long de la coupée pour atterrir, plop, en Amérique.

Pauvre diable. J'appris que c'était le cœur, mais à la façon dont le dentiste chinois décrivit l'affaire, ç'aurait pu être les dents.

Bien que son apparence physique fût à des mois de là, le quartier général de Lee Mellon à San Francisco était maintenant installé. On ôta les affaires du vieux. La pièce était vide.

3.

Au second étage, il y avait deux autres pièces. L'une était occupée par une secrétaire de Montgomery Street. Elle partait tôt le matin et elle rentrait tard le soir. On ne la voyait jamais pendant les week-ends.

Je crois qu'elle faisait partie d'une troupe d'amateurs et elle passait le plus clair de son temps libre à répéter et à jouer. On pouvait tout aussi bien imaginer autre chose puisqu'on n'en savait rien. Elle avait de longues jambes d'ingénue, c'est pour cela que je persiste à croire que c'était une actrice.

Nous nous partagions tous la salle de bains du second étage, mais pendant les mois que je restais là, elle ne fit que passer.

4.

L'autre pièce du second étage était occupée par un homme qui disait toujours bonjour le matin et bonsoir le soir. Bien aimable de sa part. Un jour de février il descendit à la cuisine commune et il fit rôtir une dinde. Il passa des heures à arroser sa volaille et à préparer un repas magnifique, avec plein de châtaignes et de champignons. Quand il eut fini, il emporta sa volaille en haut et ne se servit plus jamais de la cuisine.

Peu après, ce devait être un mardi, il cessa de dire bonjour le matin et bonsoir le soir.

5.

Le rez-de-chaussée comportait une pièce sur le devant. Les fenêtres donnaient sur la rue et les stores étaient toujours baissés. Une vieille dame vivait dans cette pièce. Elle avait quatre-vingt-quatre ans et vivait assez confortablement d'une pension de trente-cinq cents par semaine que lui faisait le gouvernement.

Elle était si vieille qu'elle me faisait penser à un personnage de bande dessinée de mon enfance : The Heap. C'était un pilote allemand de la Première Guerre mondiale qui était abattu et qui, blessé, restait pendant des mois dans une fondrière où des sucs mystérieux le changeaient en une chose 7/8 plante et 1/8 humain.

The Heap — le tas — se déplaçait comme un tas de foin moisi. Il faisait de bonnes actions, et naturellement les balles n'avaient aucun effet sur lui. The Heap tuait les méchants dans la bande dessinée en les enserrant, puis au lieu de s'éloigner dans le soleil couchant, comme cela se fait dans les westerns, il se glissait lourdement dans son marécage. Eh bien, cette vieille dame, c'était tout à fait ça.

Quand sur cette généreuse pension gouvernementale de trente-cinq cents par mois elle avait payé son loyer, il lui restait juste de quoi acheter du pain, du thé et du céleri-rave, qui constituaient la base de son alimentation.

Un jour, par curiosité, je cherchai à céleri-rave dans un livre intitulé *la Santé par les plantes*, écrit par cette déesse de la bouffe américaine, Adelle Davis. Je voulais savoir comment on peut survivre en se nourrissant de céleri : on ne peut pas.

Cent grammes de céleri-rave ne contiennent pas de vitamines sauf 2 mg de vitamine C. Quant aux sels minéraux, il y a 47 mg de calcium, 71 mg de phosphore, et 0,8 mg de fer. Il faudrait un fameux tas de céleri pour faire un navire de guerre.

Et pour terminer en beauté, *la Santé par les plantes* nous apprend que cent grammes de céleri contiennent trois grammes de protéines et la coquette somme de trente-huit calories.

Dans sa chambre, la vieille dame avait un petit réchaud. C'est là qu'elle se faisait sa « cuisine » sans jamais se servir de la cuisine commune. Un petit réchaud dans une petite chambre c'est, dans ce pays, la fleur secrète de millions de vieilles personnes. Il existe un poème de Jules Laforgue consacré au Jardin du Luxembourg. Rien à voir avec le petit réchaud de la vieille dame.

Mais son père avait été un riche médecin du XIXe siècle : il avait même eu pour la France et l'Italie l'exclusivité d'une machine électrique-miracle américaine.

Elle avait oublié en quoi consistait cette machine électrique-miracle, mais son père avait été très fier d'obtenir ce contrat, et c'est avec bonheur qu'il avait vu les caisses déchargées du cargo.

Malheureusement, il se ruina à essayer de vendre ces machines. Personne apparemment n'en voulait chez soi. Elles faisaient peur aux gens : ils craignaient qu'elles n'éclatassent.

Ç'avait été une très belle femme. Il y avait une photographie d'elle en robe décolletée. Ses seins, son long cou et son visage étaient tout à fait délicieux.

Puis elle avait été gouvernante et institutrice. Elle avait enseigné l'italien, le français, l'espagnol, l'allemand, les dialectes frontaliers, mais aujourd'hui, réduite à l'état de ruine par la sénilité, elle n'avait plus qu'un tout petit morceau de viande pour rompre de temps en temps la tyrannie monotone du céleri-rave dont elle alimentait sa vieillesse.

Elle ne s'était jamais mariée, mais je l'appelais toujours Madame. Je l'aimais bien. Je lui offris même une fois un verre de vin. Cela faisait des années que cela ne lui était pas arrivé. Il ne lui restait au monde ni amis ni parents, et c'est très lentement qu'elle avait bu ce verre de vin.

Elle affirma qu'il était excellent — il n'en était rien — et elle parla du vignoble de son père, et du vin qu'on faisait avec ce raisin, jusqu'au jour où ces milliers de machines électriques-miracles qu'on n'arrivait pas à vendre avaient anéanti le vignoble.

Ce vignoble était sur une colline qui surplombait la mer. Elle aimait y aller en fin d'après-midi, et elle se promenait à l'ombre des vignes. Cette mer, c'était la Méditerranée.

Dans sa chambre, elle gardait des malles pleines de choses du temps passé. Elle me montra un livre illustré plein d'hôpitaux installés par la Croix-Rouge italienne. Sur la couverture, il y avait une photographie de Mussolini. C'était difficile de le reconnaître, car il n'était pas pendu par les pieds. C'était un grand homme, me dit-elle, mais il avait voulu aller trop loin. « Il ne faut jamais faire d'affaires avec les Allemands », me confia-t-elle.

Souvent elle se demandait à haute voix ce que deviendraient tous ces objets à sa mort. Une salière et une poivrière anciennes avec de petits personnages dessus. Un coupon d'étoffe fanée. En quatre-vingt-quatre ans, elle n'avait pas trouvé le temps d'en faire une robe ou des rideaux.

Ils les mettront dans un céleri-rave, puis ils découvriront le moyen de changer les céleris-raves en navires de guerre, et toutes ses vieilleries s'en iront sur les flots.

6.

La cuisine commune était au rez-de-chaussée et donnait derrière la maison. Il y avait à côté une très grande pièce. Avant le départ pour l'Espagne du professeur de musique en retraite, cette pièce était occupée par une femme entre deux âges, tranquille et typique, mais elle laissait tout le temps ouverte sa porte qui donnait sur la cuisine. C'était comme si la cuisine commune avait été sa cuisine et que venaient donc y faire tous ces gens. Elle ne cessait pas d'aller et de venir en vous regardant fixement.

J'aimais bien me préparer mon petit dîner de célibataire loin des regards indiscrets, mais elle était tout le temps là à me regarder. Je détestais cela. Qui a envie d'être observé par une femme entre deux âges, tranquille et typique, alors qu'on est en train de faire chauffer une pathétique boîte de bœuf aux nouilles pour le dîner ?

Après tout, c'était une cuisine commune. Quand elle y faisait sa cuisine, je trouvais tout à fait naturel qu'elle laissât la porte ouverte, mais quand c'était moi, il me semblait qu'elle aurait dû fermer cette porte, puisque c'était une cuisine commune.

Pendant que le professeur de musique tombait raide mort à New York, la femme déménagea et trois jeunes filles s'installèrent dans sa chambre. Une des trois était assez jolie, dans le genre blonde athlétique. Quant aux deux autres, c'étaient des trumeaux.

Toutes sortes de types se pressaient autour

de la mignonne, et les mochetées bénéficiaient de ceux dont la plus mignonne ne pouvait s'occuper.

J'ai souvent remarqué cela. Une jolie fille qui habite avec une laide. Si vous ne cueillez pas la mieux, vous êtes assez excité pour vous cogner la moche. Si bien que les remèdes ont pas mal à faire aussi.

Cette pièce à côté de la cuisine devint une vraie ruche. Elles venaient d'une petite université quelque part à l'est de Washington, et d'abord elles ne s'occupèrent que du genre étudiants ou universitaires, surtout ceux qui n'étaient pas trop mal foutus.

Puis, quand elles furent un peu blasées, elles se firent au rythme convulsif de cette cité cosmopolite, et elles s'intéressèrent tout naturellement aux conducteurs d'autobus.

C'était d'ailleurs assez marrant, car il y avait tellement de chauffeurs dans le coin, en train de leur faire la cour en uniforme, qu'on aurait dit le dépôt des autobus.

Il fallait parfois que je fasse ma cuisine avec quatre ou cinq chauffeurs assis à la table de la cuisine en train de me regarder me faire frire un hamburger. Avec l'un d'entre eux qui faisait marcher sa poinçonneuse d'un air absent.

CHARGE DE CAVALERIE AUDACIEUSE CONTRE P.G. & E.

Un matin, cela faisait une quinzaine que Lee Mellon habitait la chambre sous mon grenier dans la maison de Leavenwoth Street, je me réveillai et je regardai autour de moi. La prairie était en train de se faner rapidement. L'herbe avait jauni. Le ruisseau était presque à sec. Il n'y avait plus de fleurs. Les arbres étaient tombés sur le côté. Depuis la mort du vieux, je n'avais vu ni un oiseau ni un animal. Ils étaient partis, tout simplement.

Je décidai d'aller réveiller Lee Mellon. Je me levai et je m'habillai. Je descendis jusqu'à sa chambre, et je tapais à sa porte. Je me disais qu'on pourrait peut-être se faire du café ou quelque chose.

« Entrez », dit Lee Mellon.

J'ouvris la porte et Lee Mellon était couché avec une fille. Leurs pieds emmêlés dépassaient au bout du lit. Et leurs têtes dépassaient à l'autre bout. D'abord, je crus qu'ils étaient en train de baiser, mais je vis que non. Mais je n'étais pas arrivé longtemps après. La chambre sentait comme la salle d'entraînement de Cupidon.

Je restai planté là, puis je fermai la porte.

« Voici Susan », dit Lee Mellon. « Lui, c'est un copain. »

Elle dit : « Hello. »

La chambre était toute jaune, car les stores étaient baissés et dehors le soleil était très fort. Elle était jonchée de toutes sortes de choses : des livres, des vêtements, des bouteilles, dans un désordre très étudié. Il y avait des cartes des batailles importantes à venir.

Je leur parlai pendant quelques minutes. Nous décidâmes de descendre à la cuisine commune pour prendre notre petit déjeuner.

J'allai dans le couloir pendant qu'ils s'habillaient. Nous sommes descendus tous les trois ensemble. La fille rentrait sa blouse dans sa ceinture. Lee Mellon ne s'était pas donné la peine de nouer ses lacets. Ils traînaient comme des vers de pêche derrière lui dans l'escalier.

Ce fut la fille qui prépara le petit déjeuner. C'est drôle, mais je me souviens encore aujourd'hui de ce qu'elle prépara : des œufs brouillés avec de la ciboulette et du fromage blanc. Elle fit griller du pain complet, et elle nous prépara une grande cafetière de bon café. Elle était jeune et gaie, très jolie de corps et de visage, mais un peu enveloppée cependant. Rondelette, disons, mais comme l'est une petite fille.

Elle parla avec enthousiasme de *In Dubious Battle* de John Steinbeck. « Ces pauvres ramasseurs de fruits », dit-elle. Lee Mellon était bien de son avis. Après le petit déjeuner ils remontèrent dans la chambre pour parler de leur avenir.

J'allai en ville voir trois films dans un ciné crasseux de Market Street. C'est une mauvaise habitude que j'avais. De temps en temps, j'avais besoin de me brouiller les idées à regarder d'énormes êtres plats rampant ici et là sur une immense tache de lumière, comme des vers dans l'intestin d'une tornade.

Je me trouvais alors avec des marins qui n'avaient pas réussi à baiser, des vieillards à qui ces cinés servent de bains de soleil, des visionnaires immobiles, et des pauvres malades qui viennent, comme on prend un médicament, pour voir une paire de glandes mammaires grosses comme le *Lusitania* embrasser un dentier de la taille du *Titanic*.

Je tombai sur trois films qui avaient exactement le goût qu'il fallait : un monstrueux film d'épouvante, un western bangbang et la version filmée d'un roman de gare. Je trouvai une place à côté d'un type qui regardait fixement le plafond.

La fille resta trois jours avec Lee Mellon. Elle avait seize ans et elle venait de Los Angeles. Elle était juive et son père était dans l'électroménager à Los Angeles. On l'appelait le roi du réfrigérateur de Sepulveda Boulevard.

Il s'amena à la fin du troisième jour. La fille avait dû se sauver de chez elle, et quand elle n'avait plus eu un cent, elle avait téléphoné à papa en disant qu'elle vivait avec un type et qu'ils avaient besoin d'argent et elle avait donné à son père l'adresse où envoyer cet argent.

Avant d'emmener sa fille, le père eut une petite conversation avec Lee Mellon. Il dit à Lee Mellon qu'il ne voulait plus entendre parler de ça, et il fit promettre à Lee Mellon qu'il ne tenterait pas de la revoir. Il donna vingt dollars à Lee Mellon qui dit merci.

Le roi du réfrigérateur dit que, s'il le voulait, il pouvait allumer un véritable incendie sous le derrière de Lee Mellon, mais qu'il n'avait pas envie de provoquer un scandale. « Alors la revoyez pas et tout ira bien. »

« Certes », dit Lee Mellon. « Je vois ce que vous voulez dire. »

« Je ne veux pas d'histoires, et vous non plus. Alors arrêtons ça là », dit le père.

« Ouais », dit Lee Mellon.

Le roi du réfrigérateur remmena sa fille à Los Angeles. Ç'avait été une merveilleuse aventure, bien que son père l'eût giflée dans la voiture en la traitant de *schicksa.*

Un peu plus tard, Lee Mellon quitta sa chambre parce qu'il ne pouvait pas payer le loyer, et il alla assiéger Oakland. Siège assez minable qui s'éternisa pendant des mois, et ne fut marqué que par une seule offensive, une audacieuse charge de cavalerie contre la compagnie du gaz et de l'électricité, la Pacific Gas and Electric Company.

Lee Mellon habitait la maison abandonnée d'un ami à lui, qui était à ce moment-là champion de ping-pong série C dans un asile de fous installé dans une ferme californienne. La classification A, B ou C était déterminée en fonction du nombre d'électrochocs administrés aux pensionnaires. Le gaz et l'électricité avaient été coupés en 1937 quand la mère de l'ami avait été embarquée pour avoir élevé des poulets dans la maison.

Naturellement, Lee Mellon n'avait pas d'argent pour faire rebrancher les compteurs. Aussi creusa-t-il une sape jusqu'à la conduite principale de gaz. Comme cela il pouvait se chauffer et faire sa cuisine, mais il n'eut jamais l'énergie de fignoler la chose. En conséquence, chaque fois qu'il ouvrait le gaz à l'aide d'un robinet hâtivement improvisé, et qu'il en approchait une allumette, il en jaillissait une flamme bleue longue de près de deux mètres.

Il découvrit une vieille lampe à pétrole qui lui fournit l'éclairage. Il avait une carte de la bibliothèque d'Oakland : voilà pour les distractions. Il lisait les romanciers russes, en y mettant un peu de cette emphase qu'ont les gens quand ils vous disent : « Je suis en train de lire les romanciers russes. »

Il n'y avait guère à manger car il n'avait guère d'argent pour en acheter. Lee Mellon refusait de chercher du travail. Faire le siège d'Oakland était suffisamment difficile comme cela sans en plus aller travailler. Aussi était-il affamé la plupart du temps, mais il ne voulait pas abandonner la sécurité de la P.G. & E. Alors pour la bouffe il fallait se débrouiller : il tendait sa sébile dans les rues, il mendiait des restes dans la cuisine des restaurants, il se promenait en cherchant des sous dan caniveaux.

Au cours de cet interminable siège, i d'une grande sobriété et montra peu de goût pour les femmes. Il me dit une fois : « Ça fait bien cinq mois que je n'ai pas tiré un coup. » Il dit cela d'un air détaché, comme s'il avait parlé du temps.

Tu crois qu'il va pleuvoir ?

Non, pourquoi pleuvrait-il ?

Susan arriva un matin à Leavenworth Street et dit : « Faut que je vois Lee Mellon. C'est très important. »

Je le voyais bien, que c'était important. Elle me montra comme c'était important. Au cours des mois, elle avait pris un joli tour de taille.

« Je ne sais pas où il habite. » Je mentais. « Il est parti un beau matin sans laisser d'adresse. » Je mentais encore. « Je me demande bien où peut être Lee Mellon. » Je mentais toujours.

« Tu ne l'as pas vu en ville ? »

« Non, il a juste disparu. » Qu'est-ce que je mentais.

Je ne pouvais pas lui dire qu'il vivait à Oakland dans la misère la plus noire. Sa seule joie, c'était d'avoir creusé cette sape jusqu'à la conduite de gaz et de jouir maintenant du fruit plutôt encombrant de son labeur : une flamme de deux mètres. Et il y avait laissé ses sourcils.

« Il a disparu, on se demande bien ce qu'il est devenu. » Autre mensonge.

« Bon, eh bien si tu le vois, dis-lui qu'il

faut absolument que je le voie, c'est bien important. Je suis au *San Geronimo Hotel,* dans Columbus Avenue, chambre 34. »

Elle m'écrivit tout cela sur un morceau de papier qu'elle me donna. Je le mis dans ma poche. Elle me regarda le mettre dans ma poche. Même quand j'eus sorti la main de ma poche, elle regardait toujours le billet, bien qu'il fût dans ma poche derrière un peigne et le papier froissé d'une tablette de chocolat. Je parie qu'elle aurait pu me dire quelle marque de chocolat c'était.

Je vis Lee Mellon le lendemain. Il était venu en ville. Il lui avait fallu neuf heures pour venir d'Oakland à San Francisco. Il était un rien cralingue. Je lui parlai de l'affaire de Susan, et du désir qu'elle avait de le voir. Je lui dis qu'elle avait l'air enceinte et qu'à mon avis, elle l'était.

« C'est la vie. » Lee Mellon dit cela sans manifester la moindre émotion. « Je n'y peux rien. J'ai faim. Dis donc, tu n'as rien à manger ici ? Un sandwich, un œuf, des spaghetti, n'importe quoi ? »

Lee Mellon ne me parla jamais plus de Susan, et naturellement, je n'abordai plus jamais ce sujet. Il resta encore quelques mois à Oakland.

Il essaya de mettre au clou un fer à repasser électrique qu'il avait volé là-bas. Il passa toute la journée à aller d'un prêteur chez l'autre. Personne ne voulut de son fer. Lee Mellon vit son fer qui se changeait lentement en un albatros moisi, avec une seule patte. Il finit par l'abandonner sur un banc à un arrêt d'autobus. Il était enveloppé dans un journal. On aurait dit des détritus.

L'amertume de n'avoir pu mettre ce fer au clou lui fit au bout du compte lever le siège d'Oakland. Le lendemain, il levait le camp et il regagnait Big Sur.

La fille continua à habiter le *San Geronimo Hotel.* Comme elle était malheureuse, elle grossit de plus en plus et de plus en plus, pour devenir quelque chose à mi-chemin entre un champignon et un goitre.

A chaque fois qu'elle me voyait, elle me demandait anxieusement si j'avais vu Lee Mellon et, faisant un nouveau mensonge, je répondais que non. Sa disparition nous stupéfiait tous. Que dire d'autre ? Pauvre fille. Alors, je mentais à perdre haleine... non.

Je mentais encore non non non non non non non non non non non non non non non non non non pas de Lee Mellon. Il s'était tout bonnement volatilisé.

Son père, le roi du réfrigérateur de Sepulveda Boulevard, la renia. Il proposa d'abord un de ces avortements qu'on pratique à Tijuana, au Mexique, dans des établissements avec un joli bureau et une salle d'opération aussi propre qu'une station-service Chevron. Elle répondit non, qu'elle voulait avoir ce bébé. Il lui dit de s'en aller et il lui paya une pension mensuelle pour ne jamais remettre les pieds à Los Angeles. Quand le bébé naquit, elle le donna à l'Assistance publique pour qu'on l'adopte.

A dix-sept ans, c'était déjà un personnage à

North Beach. Elle avait rapidement pris une cinquantaine de kilos. Enorme et ridicule, elle empilait les couches de graisse, avec quelque chose de géologique.

Elle décida d'être peintre et comme elle était intelligente, elle comprit que c'était beaucoup plus facile de parler peinture que d'en faire. Elle fréquenta les bars, parlant des peintres de génie comme Van Gogh. Il y avait aussi un autre peintre dont elle parlait tout le temps, mais son nom m'échappe.

Elle se mit aussi à fumer le cigare et à détester les Allemands. Elle fumait le cigare et affirmait qu'il convenait de châtrer, lentement, tous les Allemands, enterrer leurs enfants dans la neige et envoyer les femmes travailler dans leurs bon dieu de mines de sel, avec leurs larmes pour seul outil.

Longtemps après la naissance du bébé, elle venait encore me voir en tortillant de la croupe, me demander si je n'avais pas vu Lee Mellon dans le coin. Je répondais toujours non. Cela devint même une plaisanterie entre nous, car elle savait que je mentais. Elle avait d'ailleurs retrouvé Lee Mellon, et maintenant elle s'en foutait pas mal. Mais elle continuait à me demander : « Tu n'as pas vu Lee Mellon dans le coin ? » Maintenant, c'était elle qui mentait, nous avions changé de rôle. Je répondais que non, et c'était maintenant devenu la vérité.

Pendant quelques années, elle continua à avoir des bébés. Elle était devenue une usine à fabriquer les bébés. On trouve toujours quelqu'un pour coucher avec une belle grosse. Et à peine nés, elle donnait ses bébés à l'Assistance pour les faire adopter. Ça l'occupait. Puis elle s'en lassa.

Elle devait maintenant avoir vingt et un ans, elle était tout à fait préhistorique, et à North Beach, sa mode avait déjà passé. Elle ne fréquentait plus les bars, elle ne parlait plus des peintres de génie, ni de ces salauds d'Allemands. Elle avait même renoncé à fumer le cigare. Maintenant, elle passait sa vie au cinéma.

Elle y traînait son lard, emportant avec elle quatre ou cinq livres de bouffe, au cas où une imprévisible tempête de neige aurait enseveli le cinéma emprisonnant le comptoir de la confiserie sous une banquise polaire.

Un jour que j'étais planté à un carrefour à causer avec Lee Mellon, elle s'approcha de moi et me demanda : « As-tu vu Lee Mellon ? » Elle avait un grand sourire.

« Non. » Je n'avais plus besoin de mentir.

Notre jeu laissa Lee Mellon parfaitement indifférent. Il dit : « La lumière a changé. » Il portait un uniforme gris, et son sabre ferrailla sur le pavé comme il traversait la rue.

DEUXIEME PARTIE

UNE CAMPAGNE A BIG SUR EN COMPAGNIE DE LEE MELLON

LETTRES D'ARRIVEE ET REPONSES

Les Lettres d'arrivée

1.

Lee Mellon
Poste restante
Big Sur
Californie

Cher Lee Mellon,

Comment ça va à Big Sur ? A San Francisco, ça ne va pas fort. J'ai douloureusement découvert que l'amour passe mystérieusement par l'estomac, presque comme des abeilles, mais ça a mal tourné comme les abeilles dont parle Isaac Babel dans *Red Cavalry*.

Ces abeilles ne savaient pas quoi faire après la destruction de leur ruche par les soldats. La « République Sacrée des Abeilles » n'était plus que ruines et désolation. Les abeilles décrivaient des cercles et finissaient par mourir en vol.

C'est ce qui m'arrive dans l'estomac. C'est

un paysage de cauchemar. Comment m'en sortir ? Pardonne-moi le ton larmoyant de cette lettre, mais ça ne va vraiment pas fort.

Bien à toi,

JESSE.

Réponse

1.

Terrible ! Pourquoi ne viens-tu pas ? Je suis complètement à poil, et je viens de voir une baleine. Il y a de la place pour tout le monde. Apporte à boire. Whiskey ! — Ton, Lee Mellon

Les Lettres d'arrivée

2.

Lee Mellon
Poste restante
Big Sur
Californie

Cher Lee Mellon,

J'aime une fille et c'est comme l'enfer avec des oignons.

J'aimerais bien aller à Big Sur. Je n'y suis jamais allé.

Qu'est-ce que c'est que cette histoire d'être à poil, et la baleine ?

Bien à toi,

JESSE.

Réponse

2.

Ce que j'ai dit, tout simplement — à poil et cette bon Dieu de baleine ! Ne sens-tu pas la douce odeur de la sauge dans l'air marin de Big Sur ? Faut-il que je te dessine une narine ? Dis à ta grosse d'aller se faire voir dans la lune et radine avec cette bouteille de whiskey et on ira ramasser des coquillages et on pissera du haut de la falaise. — Ton, Lee Mellon

Les Lettres d'arrivée

3.

Lee Mellon
Poste restante
Big Sur
Californie

Cher Lee Mellon,

Je me suis débarrassé de cette fille. Mais ça

ne va pas mieux. Après mon estomac elle s'est attaquée à mon foie.

Y a-t-il là-bas un abri contre les éléments. Je veux dire, as-tu un toit au-dessus de la tête, mon vieux ?

Bien à toi,

JESSE.

Réponse

3.

Eh merde ! Tu ne vas pas jouer les martyrs maintenant. Tu connais ma philosophie en ce qui concerne les femmes — baise-les et vire-les. Bien sûr qu'il y a un bon Dieu d'abri ici. Où crois-tu donc que je vive, dans un terrier ? A Oakland ce n'était pas pareil. Pour lire les romanciers russes il faut une atmosphère convenable. Ici il y a quatre maisons et un seul Lee Mellon. Ce matin j'ai vu un coyote dans les sauges juste au bord de l'océan — l'arrêt suivant c'est la Chine. Le coyote faisait comme s'il avait été au Nouveau-Mexique ou dans le Wyoming, sauf qu'en dessous, il y avait des baleines qui passaient. C'est ça ce pays. Viens à Big Sur que ton âme trouve un peu de place pour sortir de sa moelle. — Ton, Lee Mellon.

4.

Lee Mellon
Poste restante
Big Sur
Californie

Cher Lee Mellon,

Impossible de décrire avec des mots la douleur que me cause cette fille. Cela fait une semaine que ça dure.

« La République Sacrée des Abeilles » file vers l'océan.

Je n'aurais jamais cru que cela m'arriverait. Je suis désespéré. Est-ce que certaines de ces cabanes ont un poêle ?

Bien à toi,

JESSE.

Réponse

4.

Bien sûr qu'elles ont des poêles ! il y en a au moins une douzaine dans chacune. Pour cette grosse prends une décision. Ne la laisse pas te tanner les couilles pour s'en faire un portefeuille. Dis-lui d'aller dans la lune, et dis-lui que toi tu vas à Big Sur pour que ton âme puisse jouir de sa liberté au camp des coyotes. Dis-lui que tu vas habiter une cabane avec une douzaine de poêles qui marcheront au whiskey jusqu'à ce que les glaces envahissent le ciel. — Ton, Lee Mellon.

Les Lettres d'arrivée

5.

Lee Mellon
Poste restante
Big Sur
Californie

Cher Lee Mellon,

Avec la fille on est en train d'arranger les choses. Ces derniers jours ont été délicieux. Peut-être pourrai-je l'amener avec moi en venant à Big Sur.

Elle s'appelle Cynthia. Elle te plaîrait sûrement.

Au fait, ta dernière lettre montre les promesses d'un style littéraire.

Bien à toi,

JESSE.

Réponse

5.

Style littéraire mon cul ! J'ai l'estomac plein de viande de cerf, de sauce et de biscuits. Cynthia ? Laisse tomber trou-du-cul ! Cynthia ? Tu as écrit toutes ces lettres pleurnichardes pour Cynthia ? Tu crois vraiment que Cynthia me plaîrait, hein ? Je vois ça d'ici — Cynthia ? Oui, Lee ? C'est ton tour de coquillages. C'est vraiment mon tour, Lee ? (La peur et le dégoût se lisent dans sa voix.) Oui, Cynthia, les coquillages t'appellent. Oh Lee ! Non ! Non ! Non ! — Ton, Lee Mellon.

Les Lettres d'arrivée

6.

Lee Mellon
Poste restante
Big Sur
Californie

Cher Lee Mellon,

Je ne comprends pas ton amertume au sujet de Cynthia. Tu ne l'as même jamais vue. C'est une fille très gentille et elle s'adapterait à n'importe quel genre de vie, et puis que trouves-tu à redire au nom de Cynthia ? Sans blague, elle te plairait.

Bien à toi,

JESSE.

Réponse

6.

Tu parles que j'aimerais Cynthia ! Trois quarts des profs d'anglais, deux tiers des bibliothécaires et la moitié des dames de la bonne société, en Amérique, s'appellent Cynthia ! Alors, une de plus ou de moins, qu'est-ce que tu veux que ça me foute, pauvre con. Les grenouilles coassent dans la mare aux grenouilles. J'écris à la lumière d'une lanterne parce que ici il n'y a pas l'électricité. La ligne s'arrête à huit kilomètres d'ici, et je trouve que c'est bien gentil de sa part. D'ailleurs qui a besoin d'électricité ? Je me débrouillais très bien à Oakland sans électricité. J'ai lu Dostoïevsky, Tourguéniev, Gogol, Tolstoï — les écrivains russes. Qui a besoin d'électricité, mais quand tu viendras ici n'oublie pas d'amener Cynthia, je l'attends avec impatience. Est-ce qu'elle a une petite moustache ? J'ai rencontré dans le temps une bibliothécaire, elle était de B.M., je veux dire Battle Mountain, dans le Nevada. Elle avait une petite moustache et elle s'appelait Cynthia.

Elle a fait tout le trajet jusqu'à San Francisco en car pour donner sa fleur à un vrai poète. Et elle en a trouvé un. Moi ! Qui sait, c'est peut-être la même grosse. Parle-lui de Battle Mountain, demande-lui les secrets de B.M., comme *B.M. Anthology.* B.M. ! B.M. ! — Ton, Lee Mellon

Les Lettres d'arrivée

7.

Lee Mellon
Poste restante
Big Sur
Californie

Cher Lee Mellon,

Il vient de m'arriver la chose la plus horrible de ma vie. Je ne pensais pas jamais devoir te dire cela. Cynthia m'a quitté.

Que vais-je devenir ? Elle m'a quitté pour de bon. Elle a pris ce matin l'avion pour Ketchikan.

Je suis effondré. Cela prouve qu'il n'est jamais trop tard pour apprendre. Mais qu'est-ce que ça veut dire ?

Bien à toi,

JESSE.

Réponse

7.

Allez, secoue-toi ! Il te reste encore ce vieux Lee Mellon et une cabane qui t'attend à Big Sur. Une belle cabane. Elle est en haut d'une falaise qui domine le Pacifique. Il y a un poêle et trois parois vitrées. Le matin, tu peux rester au lit et voir jouer les loutres de mer. C'est très instructif. C'est le coin le plus formidable au monde. Qu'est-ce que je t'avais dit à propos de Cynthia ? Elle était probablement de Battle Mountain via Ketchikan. Crois-en l'expérience d'un vétéran. — Une Cynthia dans la bibliothèque vaut mieux que deux au plumard. — Ton, Lee Mellon.

Les Lettres d'arrivée

8.

Lee Mellon
Poste restante
Big Sur
Californie

Cher Lee Mellon,

Pas un mot de Cynthia. Toutes les abeilles dans mon estomac sont mortes et s'y habituent.

C'est la fin. Ainsi soit-il.

Comment survit-on à Big-Sur ? J'ai quelques dollars, mais est-ce qu'on peut y trouver du travail, ou quoi ?

Bien à toi,

JESSE.

Réponse

8.

J'ai un jardin qui donne toute l'année ! Une Winchester 30:30 pour les cerfs, une .22 pour les lapins et les cailles. J'ai tout un attirail de pêche et *The Journal of Albion Moonlight.* On s'en sortira très bien. Qu'est-ce qu'il te faut, une boîte de Kleenex doublée de fourrure pour absorber l'amertume de ton profond amour pour Cynthia, le délice de Ketchikan et/ou Battle ? Grouille-toi de radiner à Big Sur, on n'attend plus que toi, et n'oublie pas le whiskey. J'ai besoin de whiskey !

« Tu veux mettre une autre bûche sur le feu ? » dit Lee Mellon. « Je crois qu'il en faudrait une. Qu'en penses-tu ? »

Je regardai le feu. J'y pensais. Peut-être un peu trop longtemps. C'est ce qui arrive, à Big Sur. « Ouais, on dirait bien. » J'allai à l'autre extrémité de la cabane et je sortis par le trou dans la cuisine et j'allai prendre une bûche sur le tas.

La bûche était humide avec des bestioles dessous. J'entrai par le trou dans le mur de la cuisine et je mis la bûche sur le feu.

Les bestioles rappliquèrent sur le sommet de la bûche et je me tapai la tête au plafond. « Faut du temps pour s'y habituer », dit Lee Mellon, en montrant le plafond, qui était à un mètre cinquante-trois du sol. Les bestioles perchées sur la bûche nous dévisageaient à travers les flammes.

Oui... oui, le plafond. Lee était responsable de ce plafond. J'avais entendu l'histoire. Trois bouteilles de gin, et ils avaient bâti la cabane à flanc de colline, si bien qu'il y avait un mur de terre. On avait creusé le foyer de la cheminée dans la colline, ensuite, et on l'avait garni de gros galets pris dans l'océan et portés jusqu'en haut de la falaise.

Il avait fait une sacrée chaleur ce jour-là quand, soutenus par trois bouteilles de gin, Lee Mellon et l'autre type avaient construit les murs. Ce type, il avait de graves problèmes religieux. Bien sûr c'était son gin, son terrain, ses matériaux, sa mère, son héritage. Lee Mellon dit : « On a creusé assez, mais les poteaux sont un peu trop long. Alors je vais scier le haut. »

J'imagine que vous commencez à voir le tableau. Tableau qui tient en six mots. Alors je vais scier le haut. Mais le type a dit O.K., avec ses problèmes. Le soleil, le gin, le ciel bleu et l'éclat du Pacifique, ça lui tapait un peu sur le citron. *O.K., que ce vieux Lee Mellon les scie. Inutile de... De toute façon, fait trop chaud...*

j'y peux rien, et c'est pour cela que la cabane n'avait qu'un mètre cinquante-trois de haut, et peu importe la taille qu'on faisait, BANG ! on se tapait la tête au plafond.

Au bout d'un moment cela devenait amusant de voir les gens se taper la tête au plafond. Mais même quand on était là depuis un bout de temps, il était impossible de s'habituer à ce plafond. Il dépassait l'intelligence et les réflexes humains. On ne pouvait s'en sortir, s'en sortir victorieusement qu'en se déplaçant très lentement si bien que lorsqu'on se tapait la tête au plafond, le coup n'avait qu'une importance mineure. Ce devait être une loi physique. Avec un très joli nom. *Et les bestioles perchées sur la bûche nous dévisageaient à travers les flammes.*

Lee Mellon était assis sur une peau de cerf plutôt mitée, appuyé contre un mur en bois. Il est important de bien faire la différence entre les différents murs, car ces murs étaient composés de matériaux divers et dangereux.

Il y avait le mur de terre à flanc de colline, il y avait un mur en bois, et un en verre et pas de mur, juste un espace d'air qui donnait sur une étroite passerelle qui faisait le tour de la mare aux grenouilles et rejoignait une sorte de pont suspendu à travers le *canyon* et qui rappelait dangereusement l'échafaudage d'un avion de la Première Guerre mondiale.

Lee Mellon était appuyé contre ce mur en bois, le seul sur lequel on pouvait compter. Pendant tout mon séjour à Big Sur, je vis une seule personne s'appuyer contre le mur en verre. C'était une fille qui avait la passion de se promener à poil, et nous l'avons emmenée à l'hôpital de Monterey et pendant qu'on la recousait, nous sommes allés dans une quincaillerie acheter une autre grande vitre. *Les bestioles perchées sur la bûche nous dévisageaient à travers les flammes.*

Et je me souviens de quelqu'un qui s'était appuyé contre le mur de terre à flanc de colline, et il était en train de tourner William Carlos Williams en dérision, soudain on entendit un énorme grondement accompagné d'un craquement violent et un gros morceau de montagne se détacha et enterra le visiteur jusqu'au cou.

Ce visiteur, jeune poète classique tout frais débarqué de l'université de New York, se mit à hurler incontinent qu'on l'enterrait vivant. Heureusement, le glissement de terrain s'arrêta, nous le sortîmes de là et nous l'époussetâmes. Ce fut la dernière fois qu'il dit du mal de William Carlos Williams. Et dès le lendemain il entreprenait fiévreusement la lecture de *Journey to Love.*

J'ai vu plus d'une fois quelqu'un s'appuyer contre le mur qui était juste un espace d'air, et dégringoler dans la mare aux grenouilles. Dans ces cas-là, il y avait généralement abondance d'esprits forts.

Si bien que ce mur en bois, c'était le seul endroit sûr de la maison, et Lee Mellon était appuyé à ce mur, assis sur une méchante peau de cerf. On aurait dit qu'elle n'avait jamais été tannée, comme si le cerf une fois écorché quelqu'un avait ramassé la peau et l'avait mise avec une livre d'ail dans un four tiède pendant environ une semaine... oh !

Lee Mellon était soigneusement en train de rouler une cigarette. Le fait qu'il s'appuyât contre ce mur de bois, c'était le seul signe de prudence que Lee Mellon eût jamais donné. *Et les bestioles perchées sur la bûche nous dévisageaient à travers les flammes. Bon voyage, bestioles. Bon voyage. Elles ne devaient plus y voir grand-chose.*

Je sortis par le mur qui était juste un espace d'air et, debout sur la passerelle, je regardai la mare aux grenouilles. Elle était silencieuse car il nous restait encore un peu de lumière du jour, mais dans quelques heures la mare aux grenouilles deviendrait l'Inquisition. Autodafé à Big Sur. Les grenouilles en pénitents, portant des cierges noirs — CROAK ! CROAK ! CROAK ! CROAK !

Les grenouilles commençaient au crépuscule et cela durait toute la nuit. Bon dieu de grenouilles, et avec cela pas plus grosses que des pièces de vingt-cinq cents. Des centaines, des milliers, des millions, des années-lumière de grenouilles, et qui dans cette petite mare faisaient assez de bruit pour vous casser la tête comme du petit bois.

Lee Mellon se leva et vint près de moi sur la passerelle. « Bientôt il fera nuit », dit-il. Il regarda fixement la mare. Elle semblait verte et inoffensive. « Je voudrais bien avoir de la dynamite », dit-il.

ON ROMPT LE PAIN A BIG SUR

Ce soir-là, le dîner ne fut pas très bon. Comment aurait-il pu l'être quand nous en étions réduits à manger ce dont les chats ne voulaient pas ? Nous n'avions pas d'argent pour acheter des provisions et rien ne se pointait à l'horizon. Alors quoi, on attendait.

Cela faisait donc quatre ou cinq jours que nous attendions que quelqu'un nous apportât quelque chose, voyageur ou ami, cela ne faisait guère de différence. Mais cette étrange magie qui attire les gens à Big Sur ne fonctionnait plus depuis des jours.

La lumière de Big Sur avait été éteinte pour nous et le bouton tourné. Triste, non ? Bien sûr, il y avait toujours la circulation squelettique sur la grand'route — Highway 1 — mais personne ne s'arrêtait pour venir nous voir. Quelque chose faisait que tout le monde s'arrêtait avant ou bien filait plus loin.

Je savais que si je mangeais encore une fois de ces coquillages du type porcelaine, j'en mourrais. Une seule bouchée de ce mollusque, et mon âme sortirait comme de la pâte dentifrice et se perdrait à jamais dans l'univers.

Ce matin-là, nous eûmes un petit espoir, mais qui se dissipa bientôt. Lee Mellon partit chasser sur le plateau où se trouve la vieille maison. Ce n'est pas qu'il soit mauvais tireur, mais il est nerveux. Parfois il y a des colombes autour de la maison et des cailles à côté d'une source où le vieux est mort, il y a des années de cela. Lee Mellon emporta avec lui les cinq balles de .22 qui nous restaient. Je l'implorai de n'en prendre que trois. Nous nous disputâmes à ce sujet.

« Gardons-en deux. »

« Moi, j'ai faim », répondit-il.

« Ne va surtout pas les griller dans ta frénésie. »

« J'ai envie de manger une caille », dit Lee Mellon, « ou bien une colombe, ou alors un gros lapin ou un petit cerf, ou encore une côtelette de porc. J'ai faim. »

Nous n'avions plus de balles de 30:30 depuis des semaines, et tous les jours sur le soir, les cerfs venaient dans la montagne, une harde de vingt ou trente, gras à souhait, mais nous n'avions pas de balles pour la Winchester.

Lee Mellon ne pouvait pas s'approcher assez pour obtenir un résultat quelconque avec la .22. Il tira une biche dans le cul, mais elle fit un bond et disparut dans les buissons de lilas.

Donc, je l'implorai de garder au moins deux balles de .22 pour un jour de pluie. « Peut-être que demain matin il y aura un cerf dans le jardin », lui dis-je. Mais Lee Mellon ne voulut rien entendre. J'aurais aussi bien pu lui parler des poèmes de Sapho.

Il gravit le flanc escarpé jusqu'au plateau. Il y avait un mauvais chemin de terre. Je le vis devenir de plus en plus petit sur la route. Nos cinq balles de .22 rapetissaient en même temps. Maintenant, elles devaient être de la taille d'amibes faméliques. La route tourna derrière une futaie de séquoias, et Lee Mellon disparut, avec toutes les balles que nous avions au monde.

N'ayant rien de mieux à faire, et nulle part où aller, je m'assis sur un rocher à côté de la route, et j'attendis Lee Mellon. J'avais un livre qui parlait de l'âme. Le livre affirmait que tout allait bien tant que vous ne tombiez pas mort en lisant le livre, et si vos doigts restaient en vie à tourner les pages. Je m'y plongeai comme dans un roman policier.

Deux voitures s'amenèrent. Dans l'une d'elles, il y avait des jeunes gens. La fille était chouette. Je me dis qu'ils avaient dû quitter Monterey à l'aube après un copieux petit déjeuner à la gare routière des cars Greyhound. Mais ça n'avait aucun sens.

Pourquoi auraient-ils pris leur petit déjeuner à la gare routière des cars Greyhound ? Plus j'y pensais, et plus cela me semblait improbable. Il y avait bien d'autres endroits à Monterey où prendre son petit déjeuner. Des endroits plus chics. Ce n'est pas parce qu'une fois j'avais pris mon petit déjeuner à la gare routière des cars Greyhound à Monterey pour que le monde entier en fasse autant.

L'autre voiture, c'était une Rolls Royce avec un chauffeur. Une vieille dame était assise sur le siège arrière. Elle était noyée sous les fourrures et les diamants, comme si la richesse avait été une pluie de printemps qui l'aurait soudain inondée. Elle était bien fortunée.

Elle sembla très étonnée de me voir assis là comme un écureuil sur un rocher. Elle dit quelque chose au chauffeur et la vitre se baissa sans effort apparent.

« A combien sommes-nous de Los Angeles ? » me demanda-t-il. Sa voix était parfaite.

Alors la vitre de la vieille dame se baissa sans effort apparent comme le cou d'un cygne transparent. « Nous avons des heures de retard », dit-elle, « mais j'avais toujours eu envie de voir Big Sur. A combien sommes-nous de Los Angeles, jeune homme ? »

Je répondis : « C'est au diable vauvert. A des centaines de kilomètres. La route va lentement jusqu'à San Luis Obispo. Pour aller vite, vous auriez dû prendre la 99 ou la 101. »

« Trop tard », dit-elle. « Je leur expliquerai ce qui est arrivé. Ils comprendront. Vous avez le téléphone ? »

« Non, désolé, nous n'avons même pas l'électricité. »

« C'est aussi bien ainsi. Ils se feront ainsi un peu de souci pour grand-maman, cela leur fera le plus grand bien. Cela fait bien dix ans qu'ils s'imaginent que mon existence va de soi. Cela leur fera le plus grand bien. J'aurais dû y penser plus tôt. »

J'avais bien aimé la façon dont elle avait prononcé grand-maman, parce qu'une grand-maman, c'était la dernière chose au monde à quoi elle ressemblât.

Elle me remercia alors très gentiment et les vitres remontèrent sans effort apparent et les cygnes reprirent leur migration vers le sud. Elle me fit au revoir de la main et ils s'éloignèrent et disparurent dans un tournant, en direction de ces gens qui devenaient de plus en plus nerveux au fur et à mesure que les minutes passaient. Cela leur ferait probablement du bien d'être un peu anxieux à son sujet.

Où est-elle ? Où est-elle ? Faut-il appeler la police ? Non, attendons encore cinq minutes.

Cinq minutes plus tard, j'entendis la déflagration lointaine de la .22, puis une autre, puis une troisième. Quel malheur que ce fût une carabine à répétition — pan, pan, et enfin le silence.

J'attendis que Lee Mellon redescendît du sommet de la montagne. Il suivit le chemin de terre et traversa la route. Il portait la carabine n'importe comment, comme si elle était réduite au rang de simple trique.

« Alors ? » dis-je.

Vers le soir, Lee Mellon se leva et vint se planter à côté de moi sur la passerelle. Il me dit : « Il va bientôt faire nuit. » Il regardait fixement la mare. Elle était verte et d'aspect inoffensif. « Je voudrais bien avoir de la dynamite », dit-il. Puis il alla dans le jardin cueillir de quoi faire une salade. Quand il revint, il avait une expression désolée. « J'ai vu un lapin dans le jardin », dit-il.

Faisant un terrible effort pour me maîtriser,

je réussis à chasser le mot *Alice* de ma bouche, puis de mon esprit. J'aurais bien voulu lui dire : « Alors, Alice, on n'a pas de couilles au cul ? » Mais il fallait bien se rendre à l'évidence : ces cinq balles étaient perdues à jamais.

Ce soir-là, le dîner ne fut guère fameux. Une sorte de salade et une variété de maquereau connue sous le nom de *jack-mackerel.* Notre prédécesseur avait acheté ce maquereau pour les chats qui traînaient dans le coin, mais même les chats n'en voulaient pas. C'était tellement dégueulasse qu'ils aimaient autant crever de faim. Ce qui leur arriva.

Ce maquereau vous déchire les entrailles. Dès qu'il arrive dans l'estomac, on se met à gargouiller, l'estomac proteste et clapote, il est parcouru horizontalement par le bruit que ferait une maison hantée pendant un tremblement de terre. Suivent d'énormes pets et des rots profonds. Un peu plus et le maquereau vous ressortirait par les pores.

Après un dîner de maquereau, on reste assis là, et les sujets de conversation sont fort limités. Il m'est impossible de parler poésie, esthétique ou paix mondiale quand j'ai mangé de ce maquereau.

Et pour faire de ce repas un véritable Hiroshima gastronomique, nous eûmes en guise de dessert le pain confectionné par Lee Mellon. Son pain correspond parfaitement à la description du biscuit de soldat qu'on distribuait aux troupes pendant la guerre de Sécession. Ce qui, naturellement, n'a rien de surprenant.

J'avais appris à garder mon visage au gardeà-vous, tandis que mes yeux saluaient un drapeau silencieux, le drapeau de celui qui fait la tambouille, lorsque de temps en temps Lee Mellon disait : « Tiens, je crois qu'il va falloir que je refasse du pain. »

Cela m'avait pris un certain temps, mais j'avais fini par arriver à le manger : il était dur comme de la pierre, dénué de goût, épais d'environ trois centimètres, comme Betty Crocker aux enfers, ou des milliers de soldats défilant le long d'une route de Virginie, et envahissant des kilomètres de paysage.

PREPARATIONS POUR *L'ECCLESIASTE*

Un peu après le dîner, pour éviter le bruit des grenouilles qui démarraient maintenant aux premières couleurs du couchant, je décidai de transporter mes pets et mes rots jusqu'à ma cabane et d'y lire *l'Ecclésiaste.*

« Je crois que je vais rester ici à lire les grenouilles », dit Lee Mellon en pétant.

« Qu'est-ce que tu dis, Lee ? Je ne t'entends pas. Avec ces grenouilles. Hurle plus fort », dis-je dans un pet.

Lee Mellon se leva et jeta un énorme caillou dans la mare en hurlant *Campbell's Soup !* Immédiatement, les grenouilles se turent. Cela ferait son effet pendant quelques instants, puis elles reprendraient leur concert. Lee Mellon avait dans la pièce un assez joli tas de cailloux. Les grenouilles commençaient toujours par un seul coassement, puis un second, et alors la 7 452e grenouille se joignait au chœur.

Curieux, non, d'entendre Lee Mellon hurler *Campbell's Soup !* aux grenouilles tout en lançant différents missiles dans la mare. Il leur avait crié toutes sortes d'obscénités, puis il avait essayé des syllabes qui ne voulaient rien dire, pour voir si cela ferait de l'effet, accompagné d'une pierre soigneusement lancée.

Lee Mellon était un esprit inventif, et à la suite de ces expériences, il était tombé par hasard sur ce *Campbell's Soup !* qui semblait vraiment beaucoup effrayer les grenouilles. Alors maintenant, au lieu de lancer une obscénité éculée, il criait *Campbell's Soup !* de toutes ses forces dans la nuit de Big Sur.

« Qu'est-ce que tu as dit ? » demandai-je en pétant.

« Je crois que je vais rester ici à lire les grenouilles. Quoi, tu n'aimes pas les grenouilles ? » Cela dans un pet. « C'est ce que j'ai dit. Où est ton patriotisme ? Après tout, il y a une grenouille sur le drapeau américain. »

Pétant, je répondis : « Je vais dans ma cabane lire un peu *l'Ecclésiaste.* »

« Tu lis beaucoup *l'Ecclésiaste* depuis quelque temps », péta-t-il soudain. « Et autant que je me souvienne, il n'y a pas grand-chose à lire. Faudrait te surveiller, mon garçon. »

« Ça passe le temps. »

« Je crois que la dynamite, c'est trop bon pour ces grenouilles, » dit Lee Mellon. « Je suis en train de mettre au point quelque chose de spécial. La dynamite, c'est trop rapide. C'est une idée géniale. »

Lee Mellon avait essayé différentes méthodes pour faire taire les grenouilles. Il leur avait lancé des pierres. Il avait tapé sur la mare avec un balai. Il les avait arrosées d'eau bouillante. Il avait versé huit litres de vin rouge aigre dans la mare.

Un temps, il avait attrapé les grenouilles quand elles sortaient au crépuscule et il les avait jetées dans le *canyon.* Il en attrapait peut-être une douzaine tous les soirs qu'il balançait dans le *canyon.* Cela continua pendant une semaine.

Puis soudain Lee Mellon se dit qu'elles devaient regrimper le long du flanc du *canyon.* Il affirma que cela devait bien leur prendre deux jours. « Bon dieu », dit-il. « Ça fait un sacré bout de chemin, mais elles y arrivent. »

Cela le rendit si enragé que la première grenouille qu'après cela il attrapa, il la jeta dans le feu. La grenouille devint noire et parcheminée, puis il n'y eut plus de grenouille du tout. Je regardai Lee Mellon. Lee Mellon me regarda. « Tu as raison. Je vais essayer autre chose. »

Il prit deux douzaines de cailloux et il passa son après-midi à y attacher des ficelles, et ce soir-là quand il eut attrapé ses grenouilles, il les attacha aux cailloux et il les lança dans le *canyon.* « Cela devrait tout de même les ralentir, et rendre l'ascension plus difficile », dit-il, mais ça ne marcha pas, car il y avait beaucoup trop de grenouilles pour qu'on pût ainsi les combattre efficacement, et au bout d'une semaine, il en avait assez. C'est alors qu'il se remit à lancer des pierres dans la mare en criant *Campbell's Soup !*

Mais nous n'avons jamais vu dans cette mare

de grenouille attachée à un caillou. Ç'aurait été trop.

Il y avait aussi un ou deux petits serpents d'eau dans cette mare, mais ils ne mangeaient guère qu'une grenouille ou deux par jour. Aussi ces serpents nous étaient-ils de peu de secours. Ce qu'il nous aurait fallu, c'est des anacondas. Quant aux serpents que nous avions, ils étaient plutôt ornementaux que fonctionnels.

« Eh bien, je te laisse à tes grenouilles », dis-je en pétant. Le première venait juste de coasser, et elles allaient toutes s'y mettre, et ce serait l'enfer.

« N'oublie pas ce que je viens de te dire, Jesse. J'ai un projet. » Lee Mellon péta, ensuite il se tapa sur la tête avec son doigt, à la façon dont les gens s'y prennent pour voir si une pastèque est mûre. Elle l'était. Un frisson me parcourut le long du dos.

« Bonne nuit. »

« Certes », dit Lee Mellon en répondant à mon pet.

LES RIVETS DE *L'ECCLESIASTE*

Je suis allé jusqu'à ma cabane. J'entendais en bas l'Océan se briser sur les rochers. Je passai devant le jardin. Il était couvert de filets de pêche pour éloigner les oiseaux.

Comme d'habitude je trébuchai sur la motocyclette à côté de mon lit. Cette motocyclette, c'était un des dadas de Lee Mellon. Elle était là en quarante-cinq morceaux.

Deux fois par semaine environ, Lee Mellon disait : « Tiens, je vais remonter ma motocyclette. C'est une motocyclette qui vaut quatre cents dollars. » A chaque fois, il répétait que c'était une motocyclette qui valait quatre cents dollars, mais il n'en sortait jamais rien. J'allumai la lanterne, et je me retrouvai enfermé entre les parois de verre de la cabane. Ma cabane avait les mêmes meubles que celle en bas. Il n'y avait ni table, ni chaise, ni lit.

Je dormais à même le sol dans un sac de couchage et je coinçais mes livres entre deux grosses pierres blanches. Je me servais du bloc-moteur de cette motocyclette pour y poser ma lanterne, de façon à hausser un peu le cercle de lumière et à rendre ma lecture plus agréable.

La cabane disposait d'un poêle à bois très primitif inventé par Lee Mellon. Par une nuit froide, il chauffait la pièce en un rien de temps, mais sitôt qu'on cessait d'y fourrer du bois, la cabane était de nouveau envahie par le froid.

Bien sûr, le soir, je lisais *l'Ecclésiaste* dans une très vieille Bible aux pages épaisses. D'abord, je le lus et je le relus chaque soir, puis je le lus une fois chaque soir, puis je n'en lus chaque soir que quelques versets, pour finalement m'en tenir aux signes de ponctuation.

Je les comptai, un chapitre tous les soirs. Je notai le nombre de signes de ponctuation dans un carnet, en colonnes régulières. J'intitulai ce carnet « Les Signes de ponctuation dans *l'Ecclésiaste.* » A mon avis, c'était un très joli titre. J'envisageais cela comme une étude de construction mécanique.

Certainement qu'avant de construire un navire on sait combien il faudra de rivets pour tenir tout cela ensemble, et quelles sortes de rivets il faudra. Je voulais savoir combien il y avait de rivets dans *l'Ecclésiaste,* et de quelles sortes, pour construire ce beau et sombre navire qui vogue sur nos mers.

Si je résumais les colonnes que j'obtins, ça donnerait à peu près ceci : le premier chapitre de *l'Ecclésiaste* comporte 57 signes de ponctuation, qui se décomposent de la façon suivante : 22 virgules, 8 points-virgules, 8 deux-points, 2 points d'interrogation et 17 points.

Le second chapitre de *l'Ecclésiaste* comporte 103 signes de ponctuation, qui se décomposent en 45 virgules, 12 points-virgules, 15 deux-points, 6 points d'interrogation et 25 points.

Le troisième chapitre de *l'Ecclésiaste* comporte 77 signes de ponctuation qui se décomposent en 33 virgules, 21 points-virgules, 8 deux-points, 3 points d'interrogation et 12 points.

Le quatrième chapitre de *l'Ecclésiaste* comporte 58 signes de ponctuation qui se décomposent en 25 virgules, 9 points-virgules, 5 deux-points, 2 points d'interrogation et 17 points.

Le cinquième chapitre de *l'Ecclésiaste* comporte 67 signes de ponctuation qui se décomposent en 25 virgules, 7 points-virgules, 15 deux-points, 3 points d'interrogation et 17 points.

Voilà ce que je faisais à Big Sur à la lumière de ma lanterne, et le plaisir que j'y trouvais m'apprit en plus quelque chose. Personnellement, je crois que la Bible gagne à être lue à la lumière d'une lanterne. Je ne pense pas que la Bible se soit jamais faite à l'électricité.

A la lumière d'une lanterne, la Bible se montre sous son meilleur jour. J'ai très soigneusement compté les signes de ponctuation dans *l'Ecclésiaste* pour ne pas faire d'erreur, et puis j'ai soufflé ma lanterne.

OU L'ON IMPLORE LA VIE SAUVE

Vers minuit, ou une heure plus tard — simple approximation car nous n'avions point de pendule à Big Sur — j'entendis comme des bruits dans mon sommeil. Ils venaient du vieux camion que nous avions garé près de la route. Le bruit se répétant, je compris qu'il avait une origine humaine. Il était cependant étrangement marmonné. C'est alors que j'entendis un grand cri : « Pour l'amour du Ciel, ne tirez pas ! »

Je baissai la fermeture éclair de mon sac de couchage et j'enfilai rapidement mon pantalon. Dans le noir, je trouvais une hachette tout en me demandant ce qui pouvait bien se passer. Ce vacarme n'avait rien d'agréable. Je sortis prudemment, ne tenant pas à me faire mettre, si c'était cela qui se passait. J'avais l'intention d'agir avec la plus grande circonspection, comme dans les westerns.

J'avançai donc avec prudence en direction des bruits et des voix. Une voix, la plus calme, était celle de Lee Mellon. Il y avait une lanterne posée sur le sol, et je vis ce qui était en train de se passer. Je restai tapi dans l'ombre.

Il y avait deux types à genoux devant Lee Mellon. C'étaient probablement des adolescents. Lee Mellon les tenait sous la menace de sa Winchester. Il la braquait avec beaucoup de compétence.

« Grâce, pour l'amour du ciel... Pitié, pitié, nous ne savions pas », répétait l'un des deux. Ils étaient bien habillés. Lee Mellon se dressait devant eux, couvert de ses haillons.

Lee Mellon leur parlait d'une voix calme, on aurait dit John Donne en train de prêcher, à l'époque de la reine Elisabeth d'Angleterre. « Je pourrais vous faire sauter la tête à vous deux comme à des chiens et puis ensuite jeter vos cadavres aux requins, et aller jusqu'à Cambria dans votre voiture. Ensuite j'effacerais les empreintes digitales, j'abandonnerais la voiture, et personne ne saurait jamais ce que vous êtes devenus. Pendant quelques jours, la voiture du sheriff patrouillerait la grand'route. Le sheriff s'arrêterait ici pour poser quelques questions idiotes. Je répondrais : « Non, je ne les ai pas vus par ici, Sheriff. » Puis on abandonnerait les recherches, et l'on vous ajouterait à la liste des personnes disparues de la région de Salinas. J'espère pour vous que vous n'avez ni mère, ni petite amie, ni chien fidèle, parce qu'ils vont être un sacré moment sans vous revoir. »

Il y en avait un des deux qui pleurait à chaudes larmes. Il n'était pas doué pour la parole. L'autre pleurait aussi, mais il arrivait quand même à parler. « Pitié, pitié, pitié, pitié,

pitié », répétait-il sur l'air d'une comptine enfantine.

C'est alors que je sortis de l'ombre la hache à la main. Je crus qu'ils allaient faire dans leur culotte sur place, et peut-être même se dissoudre dans la terre pour se retrouver en Chine.

« Salut, Jesse », dit Lee Mellon. « Regarde ce que j'ai attrapé. Ces deux petits salauds étaient en train d'essayer de nous siphonner notre essence. Tu vois ça, Jesse ? »

« Qu'est-ce qui se passe, Lee ? »

On comprendra sans doute que nos deux noms allaient à merveille dans ces circonstances. On les avait faits pour nous dans un autre siècle. « Ça ne peut pas durer. C'est la troisième fois ce mois-ci qu'on essaye de nous voler notre essence. Ça ne peut pas durer. Jesse, je vais prendre ces deux petits cons comme acompte, et je vais les descendre. »

Lee Mellon posa le canon de la Winchester vide sur le front de celui qui arrivait encore à parler, et qui de ce fait n'y arriva plus. Le don de la parole l'avait immédiatement abandonné. Il faisait tous les mouvements, mais il n'en sortait aucun son.

Je l'arrêtai. « Une minute, Lee. Certes, ils n'ont pas volé qu'on les abatte. Voler l'essence d'un type dans ce coin perdu, dans ce trou merdeux, sans même une paire de patins à roulettes. Ils ne l'ont pas volé, mais ce ne sont que des gamins, à peine sortis de l'école. Regarde ces joues de pêches. »

Lee Mellon se pencha pour leur examiner le menton.

« Ouais, Jesse », dit Lee Mellon. « Je sais. Mais nous avons une femme enceinte là dans la cabane. Ma femme, ma femme qui est là, et que j'aime. Et dont le bébé va naître d'un instant à l'autre. Elle a déjà deux semaines de retard. Alors on s'amènerait, on monterait dans le camion pour la conduire à Monterey, pour qu'un docteur puisse s'occuper d'elle dans un bel hôpital bien propre, et on s'apercevrait qu'il n'y a plus d'essence dans le camion, et le bébé mourrait. »

« Non, Jesse, non — non, non », dit Lee Mellon. « Ils ont tué mon fils, je vais les abattre. Nom de dieu, je vais les faire mettre tête contre tête et je vais les tuer d'une seule balle. J'en ai une lente, là. Elle mettra bien cinq minutes à leur traverser le crâne. Drôlement douloureux, ça. »

Celui qui n'avait pas été capable de dire un mot depuis que Lee Mellon était sorti avec sa lanterne et sa Winchester, et qu'il leur avait dit que s'ils bougeaient d'un centimètre, il les tuerait, mais qu'ils pouvaient tout aussi bien bouger si cela leur faisait plaisir car il allait les tuer de toute façon, et qu'il aimait assez tirer sur cible mouvante parce que c'était bon pour le coup d'œil — celui-là parla enfin : « J'ai dix-neuf ans. On n'a même pas pu trouver où était le réservoir. Ma sœur habite Santa Barbara. » C'est tout ce qu'il dit, et voilà qu'il perdit sa langue à nouveau. Ils pleuraient tous les deux de plus belle. Les larmes roulaient le long de leurs joues et ils avaient le nez qui coulait.

« Ouais », dit Lee Mellon. « Ils sont jeunes, Jesse. Je crois qu'on peut leur donner une seconde chance avant de leur brûler la cervelle pour avoir volé son essence à un enfant qui n'est même pas né. » Et quand il dit cela, les voilà qui se mettent à pleurer de plus belle, si c'est toutefois imaginable.

« Allez, Lee, laissons tomber. Ils n'ont rien fait de mal après tout, sauf d'essayer de nous voler les vingt litres d'essence qui nous restaient. »

« O.K., Jesse », dit Lee Mellon avec philosophie, mais en traînant un peu les pieds. « S'ils paient l'essence qu'ils nous ont piquée ce mois-ci, je leur laisserai peut-être la vie sauve. Peut-être. J'ai promis jadis à ma mère, que Dieu la bénisse au Paradis, que si je pouvais aider des garçons perdus, je le ferais. Combien est-ce que vous avez sur vous, les gars ? »

D'un seul geste et sans dire un mot, comme des frères siamois muets, ils sortirent leurs portefeuilles et donnèrent à Lee Mellon tout l'argent qu'ils avaient. Ça faisait dans les six dollars soixante-douze.

Lee Mellon prit l'argent et le fourra dans sa poche. « Vous avez montré de la foi, vous vivrez », dit Lee Mellon. L'un des deux avança en rampant et il embrassa la botte de Lee Mellon.

« Allons », dit Lee Mellon, « ne nous attendrissons pas. Un peu de dignité, que diable. » Et il les reconduisit jusqu'à leur voiture. Il n'y avait pas deux gamins plus heureux au monde. Leur voiture, c'était une Ford de 1941, bricolée comme le font les gosses pour les rendre belles.

Ils s'étaient probablement trouvés presque à sec, et ils avaient pris la mauvaise route. Ils auraient dû prendre la 101. Sans station-service pendant des kilomètres, ils avaient dû se dire qu'on n'était pas à quelques litres d'essence près. D'ailleurs, s'ils avaient vu une lumière allumée, ils nous en auraient probablement demandé.

Lee Mellon leur fit au revoir avec sa Winchester tandis qu'ils prenaient lentement la route de San Luis Obispo pour retrouver cette sœur qui les attendait à Santa Barbara. Ouais, c'était sans doute simplement une erreur de trajet. Ils auraient dû rester sur la 101.

Lee Mellon leur fit au revoir avec sa Winchester et au même moment, il appuya sur la détente. Ils étaient naturellement trop loin pour entendre le coup partir. Ils étaient peut-être à cinquante mètres, la voiture avait à peine démarré, et ils ne pouvaient pas avoir entendu le percuteur s'abattant sur une chambre vide.

LE CAMION

Le lendemain matin pour le petit déjeuner nous avons eu des flocons de blé. Nous en avions un sac de cinquante livres, acheté à San Francisco au vieux Crystal Palace Market. Avant que l'on n'abatte cette charmante construction pour y bâtir un motel à la place.

Ces flocons de blé constituaient notre unique petit déjeuner, quand les vivres se faisaient rares. Nous avions du lait en poudre pour manger avec, du sucre et de ce biscuit de soldat que fabriquait Lee Mellon. Il n'y avait pas de café, mais nous avions du thé vert.

« Eh bien, nous voilà riches », dit Lee Mellon, en sortant les six dollars soixante-douze de sa poche. Il posa l'argent devant lui sur le sol, comme un numismate en train d'examiner des pièces rares.

« On pourrait acheter à manger », dis-je naïvement. « Et puis peut-être aussi des munitions pour les armes. »

« Je me demande si ces types pourront jamais ôter les taches à leurs frocs », dit Lee Mellon en riant. « Ils vont sûrement pas aller chez le teinturier. »

« Ha-ha », je ris à mon tour.

Un des chats sauta du toit. Nous avions une demi-douzaine de chats, tous affamés. Le chat essaya de grignoter un morceau du biscuit de Lee Mellon. Puis il y renonça.

Le chat alla s'asseoir dans le faible soleil sur la véranda, et il se mit à observer un serpent qui glissait tranquillement à travers la mare. Il finissait de digérer une grenouille.

« Si on prenait les sous et qu'on aille au cul », dit Lee Mellon. « Je crois que c'est plus important que les provisions ou les munitions. On devrait rapprocher un peu le camion de la route. On pourrait peut-être en tirer des revenus substantiels. »

« Et comment tu fais pour aller au cul avec six dollars soixante-douze ? »

« On ira voir Elizabeth. »

« Je croyais qu'elle ne travaillait qu'à Los Angeles. »

« Ouais, généralement, mais des fois, elle marche quand même, pour changer. Faut tomber quand elle a l'humeur à ça. Ce qu'elle fait à Los Angeles est assez curieux. »

« Une boîte de balles de .22, c'est ça qui serait chouette. Une livre de café... pour nous deux ? Une call gril de Los Angeles à cent dollars pour six dollars soixante douze ? Tu rêves, mon vieux ? »

« Tu parles », dit-il. « Ça marchera peut-être. Nous n'avons rien à perdre. Elle nous invitera peut-être à prendre le petit déjeuner. Finis ta tartine et partons. »

Chez Lee Mellon, ce sens de la déformation

était vraiment merveilleux. Finis ta tartine. Ce truc que je tenais à la main n'avait vraiment rien d'une tartine. Je posai mon marteau et mon ciseau à froid, et nous voilà partis vers le camion.

Ce camion avait tout à fait l'air d'un camion de la guerre de Sécession, si toutefois ils avaient eu des camions en ce temps-là. Et ce camion marchait, tout en n'ayant pas de réservoir.

Sur le châssis du camion, il y avait un baril à essence vide de deux cents litres, avec un petit bidon sur le dessus, et un siphon raccordé à l'arrivée d'essence.

Voici comment cela fonctionnait. C'était Lee Mellon qui conduisait, et moi je restais sur le plateau du camion, et je m'assurais que tout marchait bien avec ce siphon, et que les secousses du camion ne le désarmorçaient pas.

On avait bonne mine, sur la grand'route. Je n'avais jamais osé demander à Lee Mellon ce qui était arrivé au réservoir à essence. Peut-être valait-il mieux l'ignorer.

AU CŒUR DE LA VIE

J'avais déjà rencontré Elizabeth une fois ou deux, et elle m'avait vivement impressionné. Très belle, elle travaillait à Los Angeles trois mois par an. Elle prenait quelqu'un, généralement une Mexicaine, qui venait à Big Sur s'occuper de ses enfants.

A Big Sur, elle habitait avec ses quatre enfants une cabane de trois pièces. Ses enfants lui ressemblaient tellement qu'on aurait dit son reflet dans des miroirs. Elle portait ses longs cheveux étalés sur ses épaules, des sandales et une vaste robe souple, informe. Elle menait une vie de contemplation physique et spirituelle.

Elle jardinait, faisait des conserves, fendait son bois, enfin tout ce qu'ont toujours fait les femmes quand il n'y a pas d'homme à la maison, et qu'elles vivent loin du monde, élevant leurs enfants de leur mieux. Elle était très douce et lisait énormément.

Elle vivait ainsi neuf mois de l'année, en une sorte d'étrange grossesse, puis elle prenait quelqu'un pour s'occuper de ses enfants, et elle partait pour Los Angeles. Elle subissait alors cette transformation physique et spirituelle qui faisait d'elle une call girl à cent dollars, spécialisée dans les plaisirs exotiques que recherchaient des hommes aux goûts bizarres.

Elle faisait tout ce qu'on lui demandait. Ils lui donnaient ses cent dollars, parfois davantage, car elle était très rassurante, elle ne leur donnait pas de complexes, sauf à ceux qui souhaitaient en avoir, naturellement, elle leur en donnait alors pour leur argent, et ils lui faisaient un petit cadeau supplémentaire pour leur avoir donné de si beaux complexes.

C'était une technicienne très bien payée, elle travaillait trois mois par an et mettait son argent de côté. Elle revenait ensuite à Big Sur, étalait ses longs cheveux sur ses épaules, et menait alors une vie de contemplation spirituelle et physique, et ne supportait pas de tuer un être vivant.

Elle était végétarienne. Les œufs, c'était son seul vice. Il y avait dans le coin des serpents à sonnettes avec lesquels jouaient ses enfants, mais elle n'y faisait rien.

Les enfants s'échelonnaient entre onze et six ans, les serpents à sonnettes abondaient. Ils allaient et venaient partout comme des souris, ces serpents, mais cela laissait les enfants parfaitement indifférents.

Son mari avait été tué en Corée. Personne ne savait rien d'autre sur lui. Elle était venue s'installer à Big Sur après sa mort. Elle ne voulait pas en parler.

Nous sommes allés jusque chez elle. C'était à une vingtaine de kilomètres, puis on quittait la grand'route pour s'enfoncer dans un *canyon* obscur. Il fallait être très prudent, et ne pas manquer sa route. Sur la grand'route nous ne dépassions pas le 35. Nous arrivâmes enfin chez elle. Lee Mellon quitta le volant et je sautai du camion. On faisait une fameuse équipe.

Du linge pendait entre deux arbres. Ce linge était parfaitement immobile, car il n'y avait pas un souffle de vent. Il y avait des jouets ici et là, et un jeu qui se jouait avec de la terre, des bois de cerf et des coquillages, mais c'était un jeu si étrange, que seuls des enfants pourraient en parler. Peut-être après tout n'était-ce pas un jeu, mais seulement la tombe d'un jeu.

La voiture d'Elizabeth n'était pas là. Tout était silencieux, sauf quelques poulets dans un poulailler. Un coq se pavanait bruyamment. Il n'y avait personne.

Lee Mellon regarda ce coq. Il décida de le voler, puis décida de laisser de quoi le payer avec un mot sur la table de la cuisine, disant qu'il avait décidé de lui acheter son coq, et puis merde, se dit-il. Et pendant tout ce temps, tout le temps qu'il pensait à cela, il ne dit pas un seul mot.

Puis finalement Lee Mellon se décida à dire quelque chose : « Il n'y a personne », ce qui était vrai, sauf ce coq destiné à vivre éternellement, et la tombe d'un jeu d'enfants.

LE BOUT DES SIX DOLLARS SOIXANTE-DOUZE

Arrivés chez nous, Lee Mellon quitta le volant et je sautai du camion. Je compris que la soif s'était bâtie comme une hutte dans le gosier de Lee Mellon. Des visions de boissons fortes traversaient son regard comme des vols d'oiseaux.

« J'aurais bien voulu la trouver chez elle », dit Lee Mellon. Il ramassa un caillou et le lança en direction du Pacifique. En fait, le caillou n'alla pas jusqu'au Pacifique, et il alla s'ajouter à un tas de quelque sept milliards de cailloux.

« Ouais. »

« Qui sait ce qui a pu arriver ? » demanda Lee Mellon.

J'étais bien sûr qu'il n'était rien arrivé, mais je dis : « Ouais, si elle avait été chez elle... »

Les vols d'oiseaux continuaient à traverser son regard, mi-oiseaux, mi-bouteilles. Le brouillard s'élevait sur l'Océan — s'élevait moins comme une cabane que comme un palace-hôtel. The Grand Hotel of Big Sur. Ce brouillard allait bientôt gagner l'intérieur, remonter le flanc du *canyon*, et tout disparaîtrait sous des armées de grooms floconneux.

Lee Mellon devenait nerveux. « Si on faisait du stop jusqu'à Monterey, et puis on se soûlerait. »

Je lui répondis : « Seulement si là-bas je peux me remplir les poches de riz et mettre une livre de viande hachée dans mon portefeuille, avant qu'on se mette à boire. » Je me servais de ce mot portefeuille comme si ç'avait été le mot mausolée.

« O.K. »

Huit heures plus tard, j'étais assis avec une fille dans un petit bar de Monterey. Elle avait un verre de vin rouge devant elle, et moi un martini. C'est ainsi parfois. Impossible de prédire l'avenir et de comprendre le passé. Lee Mellon, fin soûl, avait fini par rouler par terre. J'avais lavé au jet le vomi dont il était couvert, et je l'avais recouvert d'un grand morceau de carton pour que la police ne le trouve pas.

Il y avait plein de gens dans ce bar. D'abord, j'avais à peine pu contenir ma joie à la vue de tous ces humains. Prétendant appartenir à leur espèce, j'avais levé la fille.

Je l'avais rencontrée une heure plus tôt, au moment où Lee Mellon s'était effondré sur elle. Pendant que j'étais occupé à le soustraire, opération qu'on n'apprend pas à l'école primaire, nous avions lié conversation, si bien que nous nous étions retrouvés assis l'un en face de l'autre, derrière nos verres.

Je gardai une gorgée de martini dans ma

bouche jusqu'à ce qu'elle fût à la température de mon corps. Ce bon vieux 37° — seul lien avec la réalité. Si toutefois une bouche pleine de martini a quelque chose à voir avec la réalité.

La fille s'appelait Elaine et sa beauté s'épanouissait sous mes regards. Très joli quand ça marche. Avec elle, ça marchait. Cette espèce d'accélération me fascine toujours.

« Qu'est-ce que vous faites ? » me demanda-t-elle.

Là, il fallait réfléchir. J'aurais pu dire : « J'habite avec Lee Mellon et il me traite comme un chien. » Non, pas ça. J'aurais pu demander : « Vous aimez les pommes ? » elle aurait répondu oui, et j'aurais ajouté : « On couche ensemble ? » et elle aurait dit oui. Non, non, plus tard. Finalement, j'ai trouvé ce que j'allais lui dire, et alors j'ai dit d'un petit air tranquille, mais décidé : « J'habite à Big Sur. »

« Oh, comme c'est bien. Moi, Pacific Grove. Et qu'est-ce que vous faites ? »

Pas mal. Je vais essayer autre chose.

« Je suis chômeur. »

« Et moi chômeuse. Qu'est-ce que vous faites ? »

Nouvel aspect de sa personnalité, mais maintenant j'étais lancé. En avant ! Je la regardai d'un petit air timide, une sorte de gaucherie religieuse qui m'encadrait comme des palmes. « Je suis prédicateur. »

Elle me regarda du même petit air timide, avec la même gaucherie. « Et moi bonne sœur. Qu'est-ce que vous faites ? »

Belle continuité. Ça marchait. Elle me plaisait bien. J'ai toujours eu un faible pour les femmes intelligentes. C'est une de mes faiblesses, mais il est trop tard pour m'en corriger.

Puis nous sommes allés nous promener sur la plage. Je glissai la main sous son sweater, je lui pris la taille, puis je remontai jusqu'à ses seins, et mes doigts se firent explorateurs, comme si ç'avaient été de petites plantes, libres et pleines d'imagination.

Jesse lève une fille, que Lee Mellon lui a présentée. Je demande : « Et quand vous êtes-vous décidée à devenir bonne sœur ? »

« Je devais avoir six ans. »

« Moi, j'avais cinq ans quand j'ai décidé de devenir prédicateur. »

« J'ai décidé de devenir religieuse à quatre ans. »

« J'ai décidé de devenir prédicateur à trois ans. »

« Bien. J'ai décidé de me faire religieuse à deux ans. »

« J'ai décidé de devenir prédicateur à un an. »

« Et moi bonne sœur le jour de ma naissance. Le jour même. Dans la vie, il faut partir du bon pied », dit-elle avec fierté.

« Bah, je n'étais pas là quand je suis né, alors je n'ai pas pu prendre de décision. Ma mère était à Bombay. J'étais à Salinas. Ce n'est pas de jeu. » Je dis cela d'une voix humble.

Cela l'a achevée. C'est agréable, quand ce genre de drôleries font que la fille vous emmène chez elle. Elle referma la porte, et je jetai un coup d'œil à ses livres, c'est une mauvaise habitude que j'ai. Tiens, elle avait les poésies complètes de Dylan Thomas. Je furetai partout comme un raton laveur, ce qui est une autre de mes manies, mais plus acceptable.

L'endroit où vivent les jeunes dames m'intéresse toujours beaucoup. J'aime l'odeur des endroits qu'elles habitent, les objets, la façon dont la lumière les éclaire, la façon dont la lumière éclaire ces odeurs.

Elle m'a fait un sandwich que je n'ai pas mangé. Je me demande pourquoi elle l'a fait. Nous nous sommes couchés. J'ai glissé ma main entre ses jambes. Un rodeo éclatait sous elle sur la couverture. Les cow-boys, les chevaux, les corrals. Elle appuyait son corps contre ma main de toutes ses forces.

Juste avant que nous ne soyons emportés comme deux petites républiques dans le sein des Nations-Unies, j'eus la vision cinématographique d'une douzaine d'images rectangulaires de Lee Mellon allongé sous son carton dans le saloon.

A GETTYSBURG ! A GETTYSBURG !

Au bout d'un long moment très agréable, je me suis assis sur le bord du lit. Il y avait une petite lumière dans la pièce, et une peinture abstraite jaillissait de cette lumière. Elaine avait une lampe avec une peinture abstraite sur l'abat-jour. O.K...

Il y avait naturellement pour décorer le mur ce vieux classique, ce serviteur fidèle : l'affiche de corrida avec le grand Manolete, que toutes ces jeunes personnes ont dans leur chambre. Comme elles aiment cette affiche et comme cette affiche les aime. Elles veillent l'une sur l'autre.

Il y avait une guitare avec LOVE écrit sur le dos, et les cordes étaient tournées vers le mur, comme si soudain ce mur allait se mettre à jouer quelques mesures de « Greensleeves » ou de « Midnight Special ».

« Qu'est-ce que tu fais ? » me demanda Elaine, me contemplant avec douceur. Le plaisir lui avait donné cette expression mystérieuse. Elle était comme une enfant qui s'éveille, mais elle n'avait pas dormi.

J'étais très content de moi car cela avait duré

longtemps. En tout cas, c'était l'impression que j'avais. Encore et encore.

« Faut que j'aille sortir Lee Mellon de ce saloon. Je ne voudrais pas qu'il se fasse pincer par la police. Ça ne lui plairait pas. Il a horreur des prisons. Depuis toujours. Il était tout petit quand la prison a cessé de le fasciner. »

« Comment ça ? » a-t-elle demandé.

« Ouais. Il a pris dix ans. Il avait assassiné ses parents. »

Elle remonta la couverture sous son menton et me regarda en souriant. Puis elle baissa lentement la couverture jusqu'à la naissance de ses seins, puis plus bas, encore plus bas, doucement, tout doucement...

« La police va piquer Lee Mellon », fis-je remarquer. J'avais dit ça comme un slogan dans un pays socialiste. ECONOMISEZ L'ELECTRICITE ET ETEIGNEZ AVANT DE QUITTER LA PIECE. LA POLICE VA PIQUER LEE MELLON. C'était pareil. « La police va piquer Lee Mellon. » Je l'ai encore répété un coup.

Elaine dit O.K. en souriant. O.K. C'est drôle, la vie. La nuit dernière, ces deux gamins rampaient devant le fusil vide de Lee Mellon, sans se douter qu'en implorant des vies sauves imaginaires, ils finançaient tout cela : moi couché avec cette fille, et Lee Mellon sous son carton dans un saloon.

Elaine sortit du lit. « Je vais avec toi. On l'amènera ici et on le dessoûlera. »

Elle enfila son sweater par-dessus sa tête, et elle passa son pantalon. Je constituais quant à moi un parterre admiratif de dieux de l'Olympe, et je regardais tous ces trésors disparaître, puis réapparaître sous les vêtements. Elle mit une paire de tennis.

« Qui es-tu ? » J'étais l'Horatio Alger des Casanova.

« Carmel, c'est là où habitent mes parents. »

Puis elle vint me passer les bras autour du cou, et m'embrasser sur la bouche. Douce félicité.

Nous avons trouvé Lee Mellon là où je l'avais laissé, sous son carton intact. On aurait dit une boîte de quelque chose qui n'était certainement pas du savon. Une énorme boîte pleine de Lee Mellon, arrivée en Amérique sans campagne de presse tapageuse.

« Allez, réveille-toi, Lee Mellon », et je me mis à chanter :

Way, hay, c'est le matin,
Way, hay, c'est le matin,
Et le soleil se lève.

Que faire de ce général soûl,
Que faire de ce général soûl,
Que faire de ce général soûl
Et le soleil qui se lève ?

Envoyez-le à Gettysburg !
A Gettysburg ! A Gettysburg ! O Gettysburg
Quand le soleil se lève !

Elaine glissa sa main dans le fond de mon pantalon, puis elle glissa ses doigts dans mon slip, elle coula sa main le long de la raie de mon cul, puis sa main s'arrêta comme un oiseau perché sur la branche d'un arbre.

Lee Mellon s'assit lentement. Le carton tomba. Il sortait de son emballage. Le monde pouvait désormais le voir. L'aboutissement de l'esprit américain, l'honneur et la gloire du savoir-faire.

« Qu'est-ce qui s'est passé ? » demanda-t-il.

« Spiritus frumenti », dit Elaine.

FAMEUSE JOURNEE

Le lendemain matin, nous sommes partis pour Big Sur dans la voiture d'Elaine. Le siège arrière était encombré de sacs de provisions achetées au marché de Safeway à Monterey. Et il y avait deux alligators dans la malle de la voiture. Une idée d'Elaine.

Dans le flot confus de son discours alcoolique, Lee Mellon avait raconté nos démêlés avec les grenouilles, et aussi sec, mais avec beaucoup plus de cohérence, Elaine avait dit : « Je vais acheter un alligator. » Ce qu'elle avait fait.

Elle était allée chez le marchand d'animaux, et elle en était revenue avec deux alligators. Nous lui avons demandé pourquoi elle revenait avec deux alligators, et elle nous a dit qu'ils étaient à vendre. On en achetait un au prix normal, et on avait l'autre pour un penny. Un cent l'alligator, vente réclame. D'un sens, cela n'en manquait pas.

Le bonheur brillait dans les yeux injectés de sang de Lee Mellon, comme nous roulions tous les trois avec Elaine, tous les trois sur la banquette avant. J'avais mon bras autour des épaules d'Elaine. Nous sommes passés devant la boîte aux lettres d'Henry Miller. Il attendait le facteur, assis dans cette vieille Cadillac qu'il avait en ce temps-là. J'ai dit :

« Tiens, Henry Miller. »

« Oh », a-t-elle répondu.

Avec le temps qui passait, le goût qu'elle m'inspirait refleurissait. Je n'avais rien contre Henry Miller, mais comme une tempête de fleurs pendant une révolution, elle me plaisait de plus en plus.

Lee Mellon était également très impressionné. Elle avait acheté pour cinquante dollars de provisions, et deux alligators. Avec sa langue, Lee Mellon compta machinalement les dents dans sa bouche. Six. Six, réparties dans les différents sacs de provisions sur la banquette arrière. Il fut très content de son calcul, et un sourire comme les ruines du Parthénon vint illuminer son visage.

« Fameuse journée ! » dit Lee Mellon. C'était la première fois que je l'entendais utiliser cette expression. Je l'avais entendu dire toutes sortes de choses sauf fameuse journée. C'était probablement pour m'embêter qu'il avait dit cela. Et si c'était pour cela, c'était réussi.

« Je ne suis jamais allée à Big Sur », dit Elaine, regardant par la portière le paysage qui défilait. « Mes parents se sont installés à Carmel quand je suis partie pour l'Est à l'Université. »

« Une étudiante ? » s'est écrié Lee Mellon, en se tournant brusquement vers elle, comme si elle venait d'annoncer que toutes les provisions sur la banquette arrière n'était que des modèles en cire habilement imités.

« Oh, mais non ! » s'exclama-t-elle triomphalement. « J'ai été collée à tous mes examens, et le jour où je suis partie, ils ont fait sauter l'université, tellement j'étais conne. Ils se sont dit que ça ne pourrait plus jamais servir à rien. »

« Parfait », dit Lee Mellon, en reprenant le contrôle visuel de la voiture.

Il y avait un grand oiseau dans le ciel. Il partit survoler l'Océan, et resta là.

« Splendide », dit Elaine.

« Fameuse journée ! » répéta Lee Mellon, à ma grande consternation.

LA MOTOCYCLETTE

Nous sommes arrivés en vue de chez nous tard dans l'après-midi. A huit cents mètres de là, il y avait un pont de bois, et, en dessous, un ruisseau qui étincelait. Je tenais la main d'Elaine. Comme une bouteille de bière dans une brume de chaleur, le soleil continuait, depuis l'Egypte antique, son voyage jusqu'aux frontières du ciel, et les rives du Pacifique. Lee Mellon tenait le volant de la voiture. Nous étions tous très heureux.

Lee Mellon quitta la grand'route. Nous arrivâmes au vieux camion. Il s'arrêta.

« Qu'est-ce que c'est ? » demanda Elaine.

J'ai répondu : « C'est un vieux camion. »

« Allons donc », dit-elle.

« Je l'ai fait de mes propres mains », dit Lee Mellon.

« Tout s'explique », dit Elaine. Avec une extraordinaire rapidité, elle avait compris ce qu'il y avait derrière ce personnage de Lee Mellon. J'en fus heureux.

« Eh bien, nous sommes arrivés », dit Lee Mellon. « Le Domaine. C'est mon grand-père qui l'a créé. Il a lutté contre les Indiens, la sécheresse, les inondations, les éleveurs, les renards, le Pacifique Sud, Frank Norris et les liqueurs fortes. Mais savez-vous contre quoi nous autres Mellon nous devons lutter depuis toujours, avant d'en mourir ? »

« Non », dit Elaine.

« La Malédiction des Mellon. Tous les dix ans, elle se manifeste sous la forme d'un gigantesque chien. Vous savez bien : " Ce n'était pas les traces d'un homme ou d'une bête, mais celles d'une énorme Malédiction des Mellon. " »

« Vraisemblable », dit-elle.

Nous avons débarqué les sacs de provisions et nous les avons fait passer par le trou dans le mur de la cuisine. Les chats filèrent dans les buissons comme des livres dans une bibliothèque. Il leur faudrait un petit moment, mais ils finiraient par revenir, comme reviennent les classiques, *Hamlet*, ou *Winesburg, Ohio*.

« Et les alligators ? » demanda Elaine.

« On va les laisser où ils sont pour la nuit. Ils sont très bien dans la voiture », dit Lee Mellon, comme si pour des alligators se trouver dans une voiture était une situation parfaitement naturelle. « Il y a des mois que j'en rêve. Mais nous allons montrer à ces grenouilles que c'est l'homme qui domine, sur ce tas de merde, et il vaudra mieux qu'elles s'y fassent. »

Elaine regarda tout autour d'elle, la lumière de Big Sur illuminait ses cheveux, et ils étaient en parfaite harmonie avec la Californie. « Très intéressant », dit-elle en se tapant la tête au plafond. J'allai la consoler, mais ce ne fut pas nécessaire. Elle ne s'était pas fait très mal. Ce n'était qu'une petite tape amoureuse, comparée à certains coups à s'enfoncer le crâne dont j'avais été témoin sous les mêmes poutres.

Elle demanda : « Quel est l'architecte qui a conçu cela ? Frank Lloyd Wright ? »

J'ai répondu : « Non. C'est Frank Lloyd Mellon. »

« Oh, il est aussi architecte. » Bizarrement plié en deux, Lee Mellon vint inspecter le plafond. On aurait dit un médecin en train de prendre le pouls d'un malade décédé. Je me regardais. J'étais plié en deux de la même façon, et Elaine aussi. Nous avions tous les trois adopté le célèbre Dos Plié en Deux de Lee Mellon qui, sous l'Inquisition, aurait sans doute été copyright — tous droits réservés pour tous les pays, y compris l'U.R.S.S.

« C'est un peu bas », dit-il à Elaine.

« Oui, plutôt », c'est moi qui avais dit cela.

Lee Mellon se tourna vers Elaine : « Vous allez vous y faire. »

Moi : « J'en suis sûr. »

Elle : « Certainement. »

Lee Mellon alla chercher une bouteille de vin dans les sacs de provisions. Nous sommes sortis sur la terrasse pour voir le soleil se coucher. Le soleil éclata à la surface de l'eau comme une bouteille de bière. Nous nous réfléchissions, superficiellement, dans le verre cassé des Egyptiens. Et chaque morceau de Râ disparut, entraîné par un hors-bord Johnson de 60 CV.

Ce vin, c'était un petit riesling gris de chez Wente Brothers. La bouteille fut bientôt vide.

« C'est où, chez nous ? » demanda Elaine. Je l'emmenai jusqu'à la voiture, je pris sa valise, et nous sommes allés à la maison de verre, au bout du jardin recouvert de filets de pêche.

« Qu'est-ce que c'est que ça ? » demanda-t-elle.

« C'est un jardin recouvert de filets de pêche. »

Nous sommes entrés dans la maison de verre et elle a regardé par terre.

« Une motocyclette ? »

« En quelque sorte. »

« C'est à Lee Mellon ? »

« Oui. »

« Ah. » Elle a hoché la tête. Elle a ajouté : « C'est gentil ici. » Elle avait les mains sur les côtés. Elle a vu la Bible. « Mais alors, tu es vraiment prédicateur ! »

« Oui. J'ai suivi les cours du Moody Bible Institute, j'ai étudié pour devenir bedeau. Ensuite, j'ai fait de la recherche au Napa State Hospital. J'aurai bientôt une église à moi. Je suis en vacances. Je viens ici tous les ans prendre les eaux. »

« Mmm. » Elle hocha la tête.

Elaine s'assit là où je dormais, et elle leva les yeux vers moi, puis elle s'allongea doucement sur le sac de couchage. « C'est ton lit », dit-elle, mais il ne s'agissait pas d'une question.

Sur mon lit, aucune trace de rodeo. Ni chevaux, ni cow-boys, ni corrals. Rien qu'un sac de couchage. C'était même un peu inquiétant, comme si partout où des gens dormaient il aurait dû y avoir des rodeos.

Je regardai par la fenêtre, et je vis Lee Mellon qui remontait le chemin vers la maison. Je lui fis signe de s'en aller. Il s'arrêta et me regarda, la tête un peu sur le côté, tout à fait comme un général sudiste, puis il fit demi-tour, et disparut dans le trou du mur de la cuisine.

« Qu'est-ce qu'il y a sous cette lanterne ? » demanda Elaine.

« Une motocyclette. »

ADIEU AUX GRENOUILLES

Ce soir-là, ce fut Elaine qui prépara le dîner. Quelle joie d'avoir une femme aux fourneaux. Elle fit frire des côtes de porc : c'était notre petite fée de la bouffe. Je compris alors pour la première fois les ravages que la cuisine de Lee Mellon avait provoqués dans mon âme.

Spirituellement, je ne pense pas m'en être remis. Autour de ces souvenirs tragiques, j'ai construit des mécanismes de défense, mais la douleur est toujours là. Si je laisse un instant cette défense s'affaiblir, voilà le sabot fendu de sa mauvaise cuisine qui me caracole dans le palais, dans un odieux triomphe.

Lee Mellon avait allumé un feu splendide, et nous étions assis devant à boire du café noir très fort. Elaine avait même acheté à manger pour les chats. Ces chats étaient entrés avec nous, et ils étaient allongés comme des fougères soyeuses devant le feu. Tout le monde était content et de bonne humeur. Les chats ronronnaient du fond de leurs souvenirs préhistoriques, une sorte de ronronnement rouillé, végétal — ils n'étaient guère habitués à tant de béatitude. On fit la conversation.

« Et que font tes parents ? » demanda Lee Mellon d'un ton paternel. J'avalai mon café de travers.

« Je suis leur fille », dit Elaine.

Lee Mellon la regarda d'un air absent, pendant quelques secondes. « Déjà entendu cela quelque part. Conan Doyle, non ? " L'Affaire de la petite conasse de fille ? " » dit Lee Mellon.

Il alla dans la cuisine chercher une de nos pommes toutes neuves. Et il s'y attaqua avec ses six dents. Je savais qu'elles étaient croquantes, mais aucun son ne sortait de sa bouche pour venir confirmer cela.

« Mon père est avocat », dit Elaine.

Lee Mellon fit un signe de tête. Il avait aux coins de la bouche des fragments de pomme comme des éclats de grenade offensive.

Elaine posa la main sur ma cuisse. Je passai le bras autour de ses épaules. Nous étions appuyés contre la cloison de bois. Lee Mellon trônait sur sa peau de cerf mitée.

La nuit venait, elle empruntait la lumière. Elle avait commencé par emprunter quelques cents de jour, puis elle avait commencé à en emprunter des milliers de dollars. Bientôt il n'en resterait plus, la banque fermerait, les caissiers seraient renvoyés, le directeur de la banque se suiciderait.

Nous sommes restés là tranquillement à regarder Lee Mellon s'attaquer vaillamment à la plus longue pomme du monde, nous nous sentions très proches, Elaine et moi, puis nous retournions à Lee Mellon et à sa pomme, puis nous l'oubliâmes complètement, lui et sa pomme.

Lorsqu'il l'eut finie, il claqua les lèvres comme une paire de cymbales, et c'est alors que nous avons entendu la première grenouille.

« Ça commence », dit Lee Mellon, se préparant immédiatement à envoyer sa cavalerie, avec la poussière qui monte dans la vallée, les drapeaux, et les tambours.

Une seconde grenouille a commencé, la première l'a suivie, une troisième grenouille s'est jointe à elles, puis une quatrième, les trois autres ont éclaté comme des pétards, alors Lee Mellon a dit : « Je vais chercher les alligators. » Il a allumé la lanterne, il est passé par le trou dans le mur de la cuisine et il a suivi le sentier jusqu'à la voiture.

Elaine avait dû s'assoupir. Elle était étendue par terre, la tête sur mes genoux. Elle fut un peu surprise. Elle a demandé : « Où est Lee Mellon ? » Je l'ai à peine entendue.

J'ai dit à haute voix : « Il est allé chercher les alligators. »

« Ce sont les grenouilles ? » m'a-t-elle demandé à voix haute, en tendant la main vers la mare obscure où le vacarme commençait à s'amplifier.

« Oui. » Je parlais à haute voix.

« Ah bon. » Elle aussi.

Alors Lee Mellon est revenu avec les alligators. Ses six dents étincelaient. Il a posé la boîte et il a sorti un des alligators. Cet alligator fut stupéfait de ne plus être chez le marchand d'animaux. Il chercha les petits chiens qui auraient dû se trouver dans la cage de grillage à côté de son aquarium. Les petits chiens n'étaient plus là. L'alligator se demanda où ces petits chiens avaient bien pu passer. Lee Mellon tenait l'alligator dans ses mains.

« Salut, alligator », hurla Lee Mellon. Quant à l'alligator, il était toujours en train de se demander ce qu'avaient bien pu devenir ces petits chiens.

« Tu aimes les cuisses de grenouilles ? » hurla Lee Mellon à l'alligator, et il le déposa soigneusement dans la mare. L'alligator resta immobile, on aurait dit un bateau d'enfant dans un bassin. Lee Mellon lui donna une petite poussée, et l'alligator fila sur la mare.

Instantanément, le silence se fit sur la mare, comme si cette mare avait brusquement été jetée au beau milieu d'un cimetière. Lee Mellon sortit de la boîte le deuxième alligator.

Le second alligator chercha les petits chiens, et ne put pas les trouver non plus. Où diable étaient-ils passés ?

Lee Mellon caressa le dos de l'alligator, et il le posa dans la mare. Il lui donna une petite poussée, et immédiatement le silence dans la mare se trouva multiplié par deux. Le silence au-dessus de cette mare flottait comme une brume.

« Voici la solution pour les grenouilles », murmura Elaine au bout d'un moment. Le silence nous avait hypnotisés.

Lee Mellon regardait l'eau noire et silencieuse d'un air incrédule. « Elles sont parties », dit-il.

Je lui ai répondu. « Ouais. Maintenant, il n'y a plus que les alligators. »

LES RITES DU TABAC

C'était la nuit. Il était bien agréable d'être là couché avec Elaine qui s'entortillait à moi comme une vigne à mon ombre. Elle avait débordé les sauterelles de la mémoire et cette sinistre plaie, avec Cynthia, également sinistre.

J'étais maintenant dans un tel état d'esprit qu'elle aurait bien pu recevoir un saumon sur la tête à Ketchikan. Je voyais déjà les gros titres dans le journal local de Ketchikan : UN SAUMON TOMBE SUR UNE JEUNE FILLE, avec en dessous, en caractères plus petits, ce joli détail : *Elle est aplatie comme une crêpe.*

Je passai la main sur le visage d'Elaine, je trouvai sa bouche. Elle avait les lèvres entrouvertes, je promenai doucement mon doigt sur ses dents, je sentis sa langue endormie. Je me faisais l'effet d'un musicien touchant à un piano dans le noir.

Comme j'allais me rendormir, Lee Mellon, à la tête de colonnes impeccables, défila dans ma tête, avec ses drapeaux et ses tambours. Je songeai à cette lointaine époque historique située TROIS JOURS AUPARAVANT, et aux rites du tabac de Lee Mellon.

Il avait fini tout son tabac, et il avait désespérément envie d'une cigarette. Inévitablement, il partit pour Gorda. Petite promenade au soleil à la recherche de tabac. Ce devait être la cinquième ou sixième fois depuis mon arrivée ici.

Les rites du tabac, chez Lee Mellon, se déroulaient ainsi : quand il n'avait plus de tabac, et aucun espoir de s'en procurer par les sentiers tout tracés de la réalité, il partait pour Gorda. Naturellement, il n'avait pas un sou pour s'acheter du tabac. Il arpentait le bord de la grand'route. Mettons d'abord en direction de Santa Lucia Mountains, il examinait soigneusement le bord du talus et ce qu'il trouvait, il le mettait dans un sac en papier.

Parfois il tombait sur un tas de mégots, comme un rond de champignons dans une forêt enchantée, mais il lui fallait parfois marcher des kilomètres pour trouver un seul mégot. Ses six dents éclataient alors en un éblouissant sourire. Enfin, dans de lointains pays, on aurait peut-être appelé celà un sourire.

D'autres fois, n'ayant pas trouvé un seul mégot au bout d'environ huit cents mètres, il tombait dans un état de profonde dépression, il se disait que jamais il ne trouverait un mégot, et qu'il allait marcher ainsi jusqu'à Seattle sans en trouver un seul, puis vers l'est jusqu'à New York, fouillant le talus pendant des mois à la recherche d'un mégot qu'il ne trouverait jamais. Pas un seul. C'était la fin du fameux rêve américain.

Jusqu'à Gorda, il y avait huit kilomètres.

Ensuite, Lee Mellon faisait demi-tour, et il revenait en direction du Pacifique. Tout en bas, le Pacifique lançait ses volées de cendres à l'assaut des rochers et de la grève. Des cormorans brassaient l'air. Des baleines, des pélicans, s'ébattaient dans l'océan Pacifique.

Etrange successeur de Vasco Nunez de Balboa, Lee Mellon cherchait des mégots au bord du monde occidental, et tout le long du chemin jusque chez nous, trouvant ici et là un exilé du royaume du tabac.

Une fois rentré, il allait s'asseoir devant le feu, et il se mettait à déchirer ses mégots, il obtenait ainsi un tas de brins de tabac sur un journal. Il les mélangeait soigneusement, émiettantémiettantémiettant le tabac, puis il mettait le mélange dans une boîte en fer.

Les rites du tabac de Lee Mellon renaissaient, porteurs d'un plaisir raffiné qui devenait un grand art, d'une fumée qu'il fallait mesurer comme autant de tableaux célèbres accrochés dans les poumons.

Je pensais donc à Lee Mellon quand je sombrai dans le sommeil, serré tout contre le joli corps souple d'Elaine. Et Lee Mellon s'effrita comme autant de brins de tabac.

A NOUVEAU LE DESERT

Le lendemain matin je me suis réveillé, le soleil brillait, mais Elaine n'était plus avec moi sous le sac de couchage. Stupéfaction... où était-elle donc ? C'est alors que je la vis, accroupie devant les pièces détachées de la motocyclette. Elle était toute nue et la vue de son cul renouvela ma foi en l'évolution.

« Cette motocyclette », se dit-elle à haute voix. On aurait dit une mère-poule déplorant la mauvaise ordonnance de sa portée.

« Cette motocyclette », répéta-t-elle. *Vilain poussin ! Où est ta tête !*

Je lui ai dit : « Bonjour. Beau petit cul que tu as là. »

Elle s'est tournée vers moi en souriant. « Je regardais cette motocyclette. Il lui faut quelque chose. »

« Oui, un croque-mort. Avec un cercueil pour motocyclette, un petit discours bien senti, puis une solennelle arrivée au cimetière. Tu en as de jolis seins. »

Sous le soleil qui entrait par la fenêtre, la pièce sentait la motocyclette comme si la motocyclette c'était une sorte de viande rôtie.

Je voudrais une tranche de motocyclette avec du pain de seigle, s'il vous plaît.

Et qu'est-ce que vous prendrez avec ça monsieur ; un verre d'essence ?

Non. Non, je ne pense pas.

Elaine a posé les mains sur ses seins, d'un petit air timide. « Devine qui je suis ? »

« O.K., qui es-tu ? »

La tête un peu penchée, elle m'a souri.

Du coin de l'œil, j'ai vu quelque chose s'approcher. C'était Lee Mellon qui remontait le sentier. Je lui ai fait signe d'aller se fourrer dans son trou, derrière le mur de la cuisine.

Il ne pouvait s'y résoudre. Il mima les gestes du petit déjeuner, avec des grimaces pour en exprimer les délices. Fameux petit déjeuner, avec des côtes de porc, des œufs, des pommes de terre frites et des fruits.

Un lapin passa en courant à côté de Lee Mellon. Il ne le vit pas, et le lapin alla se terrer dans les buissons, l'œil aux aguets, les oreilles aplaties sur la tête. Alice pouvait-elle être très loin, par ce matin splendide à Big Sur ?

« C'est ce que tu es ? » Elle me fit oui de la tête... Oui. Déjà le petit déjeuner s'éloignait. Elle ôta les mains de sur ses seins, elle était là, un peu penchée en avant.

Je fis signe à Lee Mellon MAIS VAS-TU FOUTRE LE CAMP, et c'est à contrecœur qu'il disparut par ce trou dans le mur de la cuisine, prisonnier de son Désert.

L'ALLIGATOR A LA COTE DE PORC

Finalement quand nous sommes allés prendre le petit déjeuner, il pleuvait. Parfois la lumière surgissait des nuages comme une salve d'artillerie, dans un éclaboussement de pluie chaude. A 30° de là au-dessus du Pacifique s'amassait une énorme armée : l'armée du Potomac, sous le commandement en chef du général Ulysses S. Grant. Lee Mellon était occupé à faire manger une côte de porc à l'un des alligators, et Elizabeth était là.

« Beaux alligators », dit-elle. Son sourire montrait des dents de lune, ses narines semblaient sculptées dans le jade.

« Mange donc une côte de porc », dit Lee Mellon en en fourrant une dans le gosier de l'alligator, qu'il avait sur ses genoux. L'alligator dit : « GRRR ! opp/ opp/ opp/ opp/ opp/ opp/ opp/ opp/ ! » avec l'os de la côtelette qui lui sortait de la gueule.

Elizabeth aussi avait un alligator sur les genoux. Le sien ne disait rien, et il n'avait pas d'os de côtelette qui lui sortait de la gueule.

Elle dégageait une grande impression de douceur, comme si des lampes avaient brillé sous sa peau. Sa beauté me rendait tout triste. Je dis : « Hello. »

« Hello, Jesse. »

Elle se souvenait de moi.

« Voici Elaine. »

« Hello, Elaine. »

« GRRR ! — opp/ opp/ opp/ opp/ opp/ opp/ opp/ opp ! » dit l'alligator, avec son os de côtelette qui lui sortait de la gueule.

Quant à l'alligator d'Elizabeth il ne disait rien : heureux les humbles alligators, car le monde leur appartiendra.

J'ai dit : « J'ai faim. »

« Tu parles », dit Lee Mellon.

Elizabeth portait une robe blanche toute simple.

« Qu'est-ce qu'il y a pour le petit déjeuner ? » a demandé Elaine.

« Un musée », a répondu Lee Mellon.

« Je n'avais jamais vu d'alligators ici », a dit Elizabeth. « Ils sont mignons. A quoi servent-ils ? »

« C'est pour la mare aux grenouilles », dit Elaine.

« Et puis c'est une compagnie », a ajouté Lee Mellon. « Je me sens un peu seul. Quelle jolie musique pourraient faire nos alligators ensemble. »

L'alligator de Lee Mellon a dit : « GRRR ! — opp/ opp/ opp/ opp/ opp/ opp/ opp/ opp/ opp ! »

« On dirait une harpe », a dit Elizabeth d'un air convaincu : et ses paroles faisaient comme une mélodie.

« Ton alligator, on dirait un sac à main plein d'harmonicas », a dit Lee Mellon. Il était couché comme un chien, et ses paroles faisaient le bruit d'un sifflet à chien.

« Bon, ça ira pour les alligators ! Y a-t-il du café ? » C'est moi qui avais demandé cela.

Ils ont tous les deux éclaté de rire. Dans la voix d'Elizabeth, il y avait comme une porte. On ouvrait cette porte, il y en avait une autre, et puis encore une, qui donnaient l'une sur l'autre et c'était très agréable.

Elaine me regardait. J'ai dit : « Allons faire du café. »

« Il y en a », a dit Lee Mellon. « Tu ne m'as pas écouté. »

« Je vais le chercher », dit Elaine.

« Je vais aller avec toi. »

« Si tu veux », me dit-elle en souriant.

L'immense nuage sombre remonta de quelques degrés, une pendule et un souffle de vent passèrent sur la cabane. Ce vent me fit songer à la bataille d'Azincourt, car le vent faisait autour de nous comme une pluie de flèches. Azincourt : la beauté de ce nom.

« Je vais remettre une bûche dans le feu. » Et, disant cela, BANG ! je me heurtai violemment la tête à la poutre. D'un seul coup, le café changea les deux tasses blanches en deux tasses noires comme la nuit.

« Moi aussi j'en prendrais bien une tasse s'il en reste », dit Elizabeth. Et une troisième tasse noire, qui était blanche.

« Bon si on le prenait ce petit déjeuner »,

dit quelqu'un. Quelqu'un qui pouvait bien être moi car j'avais très très faim.

Les côtes de porc et les œufs étaient excellents, avec les pommes de terre frites et cette délicieuse confiture de fraises. Lee Mellon se joignit à nous pour un second petit déjeuner.

Il sortit la côte de porc de la gueule de l'alligator, alligator dont il se servit comme d'une table pour y poser son assiette. « Voudrais-tu me la faire frire », demanda Lee Mellon, « maintenant que la voici attendrie. »

L'alligator cessa de dire « GRRR ! — opp/ opp/ opp/ opp/ opp/ opp/ opp ! » Parce que les tables ça ne dit pas ce genre de choses.

HAIKAI DE L'ALLIGATOR DANS LE DESERT

Il pleuvait maintenant très fort, le vent hurlait comme l'armée sudiste à travers le trou dans le mur de la cuisine. Le désert — des milliers de soldats occupaient le pays — le désert !

Elizabeth et Lee Mellon étaient partis dans une autre cabane. Ils avaient quelque chose à régler. Nous sommes restés seuls, Elaine et moi, avec les alligators.

***

6 mai 1864. Un lieutenant est tombé, mortellement blessé. S'enfonçant de travers dans la mémoire, un marbre classique commença à pousser sur ses empreintes digitales. Comme il reposait là sublime aux yeux de l'histoire, une autre balle frappa son corps, et le fit tressaillir comme une ombre dans un film. Peut-être Birth of a Nation.

D'HABITUDE IL RESTE DANS LE JARDIN

« BANG ! » fit Elizabeth. « Ce plafond. » *La terreur qu'il inspire,* puis elle s'est assise.

Nous avons remis les alligators dans la mare, et ils ont lentement coulé jusqu'au fond. Il pleuvait maintenant si fort que ce fond, on ne le voyait pas. On n'en avait d'ailleurs nulle envie.

Elizabeth était assise. Sa robe blanche faisait comme un cygne sur son corps. Puis comme elle parlait, un lac coula de ce cygne, donnant pour l'éternité la réponse à cette célèbre question : Qui a commencé du lac ou du cygne ?

« Cette nuit, j'ai vu le fantôme », dit-elle. « Il était près du poulailler. Je me demande ce qu'il faisait là. D'habitude, il reste dans le jardin. Dans le maïs. »

« Le fantôme ? » dit Elaine.

« Oui, nous avons un fantôme ici », dit Elizabeth. « C'est le fantôme d'un vieillard. C'était sa maison, là-haut sur le plateau. Et puis il est devenu si vieux qu'il a dû aller vivre à Salinas, et on dit qu'il y est mort le cœur brisé et son fantôme est revenu à Big Sur et parfois il se promène la nuit. Je ne sais pas ce qu'il fait pendant la journée.

« Je l'ai vu la nuit dernière. Je me demande ce qu'il faisait près du poulailler. J'ai ouvert la fenêtre et je lui ai dit : « Salut, fantôme. Qu'est-ce que tu fais près du poulailler ? D'habitude tu es dans le jardin. Qu'est-ce qui ne va pas ? »

« Alors le fantôme a hurlé *Chargez !* et il a brandi un immense drapeau avant de s'enfuir dans les bois. »

« Un drapeau ? » a répété Elaine.

« Oui. C'était un vétéran de la guerre hispano-américaine (1898). »

« Oh. Il ne fait pas peur aux enfants ? »

« Non. Ils aiment bien avoir de la compagnie. Ici, c'est un peu solitaire pour des enfants. Les fantômes y sont les bienvenus. D'ailleurs, d'habitude il reste dans le jardin. » Elizabeth souriait.

Dans la mare, les alligators sautaient comme des bouchons. La pluie cessa. Elizabeth portait une robe blanche. Lee Mellon se gratta le crâne. Puis la nuit est venue. J'ai dit quelque chose à Elaine. La mare était aussi paisible que Mona Lisa. La Joconde.

*
**

« Où diable est donc le soldat Augustus Mellon ? » demanda le capitaine.

« Je l'ignore. Il était ici il y a une minute », répondit le sergent. Il avait une longue mous-

tache jaune. « Il était toujours là il y a une minute. Mais il n'est jamais là quand on l'appelle. Probablement en train de voler quelque chose comme d'habitude », ajouta le capitaine.

DES COUPS SOURDS

Nous sommes remontés à la cabane pour nous coucher. Elizabeth avait quelque chose à faire avec Lee Mellon. Ses enfants étaient à King City, chez quelqu'un. Elaine s'est déshabillée. J'avais très sommeil. Je ne me souviens de rien. J'ai simplement fermé les yeux, à moins qu'ils ne se soient fermés tout seuls.

Puis j'ai senti quelque chose qui me poussait. Trop faible pour être un tremblement de terre, mais ininterrompu, comme si la mer, devenue toute petite, tiède, humaine, s'était blottie à côté de moi. Puis la mer se mit à parler : « Réveille-toi, réveille-toi, Jesse. » C'était la voix d'Elaine. « Réveille-toi, Jesse. Tu n'entends pas ces coups sourds ? »

« Qu'est-ce qui se passe, Elaine », dis-je en frottant l'obscurité, car mes yeux n'étaient qu'obscurité.

« Ce sont des coups sourds, Jesse. »

« Répète voir ça. »

« Des coups sourds. Coups sourds. »

« O.K. » Et je continuai à frotter le noir. *Des coups sourds. Parfait. Va pour des coups sourds.* Et j'allais me rendormir.

« Réveille-toi, Jesse. Les coups sourds ! »

O.K. ! Maintenant j'étais éveillé et il y avait des coups sourds, comme si l'on était en train d'abattre une forêt. « Oui, ce sont des coups sourds. Il va falloir que j'aille voir ce que c'est. »

« C'est ce que j'essayais de te faire comprendre. »

J'ai allumé la lanterne. *C'est reparti, et la dernière fois c'est comme cela que je t'ai rencontrée.* J'ai demandé : « Quelle heure est-il ? » Je roulai sur le côté et regardai Elaine. Mignonne.

« Tu me prends pour une pendule ? »

Je me suis habillé.

« Moi, je reste ici », a dit Elaine. « Ou plutôt non, je viens avec toi. »

« Comme tu voudras. C'est peut-être Paul Bunyan qui voudrait bien baiser, le pauvre. Mais c'est plus vraisemblablement quelqu'un qui essaye de nous voler notre essence avec une hache. »

« Avec une hache ? »

« Ouais, ils le font tout le temps. Parfois, ils nous volent notre essence avec une charrue, des embauchoirs, des poches de kangourou, ce genre de choses. »

« Et qu'est-ce qu'elle a de spécial, votre essence ? »

« Elle est là. »

J'ai glissé un couteau dans ma ceinture.

« Qu'est-ce que tu fais ? Tu veux me faire le coup de William Bonney ? »

« Mais non. »

« Comme tu voudras. Si c'est à cela que tu veux ressembler. »

« C'est peut-être un cinglé, on ne sait pas. Et puis c'est un numéro que nous faisons, Lee Mellon et moi. Le couteau, c'est moi. Lui, c'est le fusil. Drôlement bien monté. » Je lui caressai les cheveux : *O dame de mon cœur, conquise au bout du fusil !*

La nuit était fraîche, les étoiles liquides scintillaient comme du martini, l'étoile de martini qui m'a mené jusqu'à toi. Est-ce quelqu'un qui se sert d'une hache pour nous voler notre essence ?

Cent soixante-trois haches pleines d'essence.

On va voir ça, ma petite étoile. Pas le choix. Ne sommes-nous pas les maîtres, sur ce tas de merde. Alors.

Ces coups sourds venaient de l'autre côté de la grand'route, sur le petit chemin. BANG ! BANG ! Des coups réguliers, sourds, BANG ! BANG !

Nous servant de l'obscurité comme d'une lanterne, Elaine à mon bras, j'avançais à tâtons comme une cuiller cherchant soigneusement son chemin dans la soupe d'un aveugle, en train de trier les lettres de l'alphabet.

« Pourquoi n'as-tu pas pris la lanterne ? » a demandé Elaine.

« Je ne veux pas qu'on sache que nous sommes là. »

« Nous n'y sommes pas. »

Devant nous, nous avons vu une étrange lumière, qui venait du milieu de ces coups sourds.

« Je me demande bien ce que c'est », a murmuré Elaine.

« Ce ne sont pas des planches qui craquent sous l'effet du temps », et en nous approchant nous avons fini par voir deux phares d'auto qui illuminaient la montagne, et un petit bonhomme avec une grande hache, et il abattait des arbres et il les empilait sur l'auto.

Et cette auto ressemblait à une forêt, avec les phares qui faisaient comme les reflets de la lune, ou un feu d'artifice. J'ai dit : « bonjour. »

L'autre s'est arrêté soudain, et il m'a regardé, stupéfait. « C'est toi, Amigo Mellon ? » a-t-il demandé.

« Non. »

« Si. » Lee Mellon était là, debout à côté de nous. Elaine a sauté comme un poisson et m'a serré le bras.

« Bonjour, Amigo Mellon », a dit l'homme. Il avait l'air en plein délire, avec sa hache à la main et toute cette forêt empilée sur sa voiture.

« Alors, mon vieux, qu'est-ce qui se passe ? » a demandé Lee Mellon, debout maintenant devant moi, et étrangement concentré.

« Je suis en train de couvrir ma voiture avec des arbres, pour qu'ils ne la trouvent pas. Ils me cherchent. Les flics. Je suis en cavale. Je viens de m'en faire mettre pour deux cents dollars pour excès de vitesse. Est-ce que je peux me cacher ici, Amigo Mellon ? »

« Certainement, mais arrête d'abattre les arbres. »

« Et ceux-là, c'est des flics ? Cette femme est de la police ? »

« Non, c'est mon copain et sa dame. »

« Ils sont mariés ? »

« Ouais. »

« Ça va. Je déteste la loi. »

Et là-dessus, il s'est attaqué à un autre arbre. Un séquoia qui devait bien faire un mètre vingt de diamètre. « Arrête, mon vieux », lui a dit Lee Mellon.

« Qu'est-ce qui se passe, Amigo Mellon ? »

« Il me semble que tu as abattu assez d'arbres pour aujourd'hui. »

« Je ne veux pas qu'ils trouvent la voiture. »

« Il y a déjà une forêt dessus », a dit Lee Mellon. « Qu'est-ce que c'est, comme voiture ? »

C'était une espèce de voiture de sport couverte d'arbres, qui n'évoquait pas du tout le départ d'un grand prix.

« C'est ma Bentley Bomb, Amigo Mellon. »

« En tout cas, je crois que tu as abattu assez d'arbres. Et pourquoi n'éteins-tu pas les phares. Si tu les éteins, la police ne te trouvera pas. »

« Bonne idée », dit l'homme.

Il débarrassa quelques arbres, il réussit à ouvrir la porte, et il éteignit les lumières. Puis il referma la portière, et remit les arbres en place.

Il ramassa un sac en papier qui était dans un buisson. Il l'avait trouvé instinctivement dans l'obscurité soudaine. Dans le sac, on aurait dit qu'il y avait des bouteilles.

« Cache-moi, Amigo Mellon », dit-il. Il ressemblait vaguement à Humphrey Bogart dans

High Sierra, sauf qu'il était petit, gras, chauve, et qu'il avait l'air d'un homme d'affaires véreux, avec ce porte-documents qu'il avait déniché quelque part et qu'il serrait sous son bras, comme s'il y était cimenté.

« Allons, Roy Earle », dit Lee Mellon, sur la même longueur d'ondes que moi : le personnage de Humphrey Bogart dans *High Sierra*.

Nous sommes redescendus de High Sur, tous les quatre, jouets du destin, avec dans les rôles principaux Roy Earle et Lee Mellon.

*
* *

Un éclat de boulet de canon fracassa une branche d'arbre qui tomba dans une source. Le choc de l'eau et de la branche fut comme un gros titre de journal : OU EST AUGUSTUS MELLON ? tandis qu'une vase noire s'élevait.

Un cheval se consumait dans les buissons. Un feu de salve fit presque jaillir de ce cheval des flammes aussi brûlantes que l'an 1864.

RESUME DE L'HISTOIRE AMERICAINE APRES LA GUERRE ENTRE LES ETATS

Elizabeth était assise devant le feu quand nous sommes entrés par le trou dans le mur de la cuisine. Elle n'avait pas sa robe blanche. Elle s'était enveloppée dans une couverture grise qui ressemblait à un uniforme sudiste en haillons. Elle regardait fixement les flammes. Lorsque nous sommes entrés, elle a à peine levé les yeux.

« C'est la police ? » a demandé Roy Earle. Il ne tenait pas en place, avec son sac. « Parce qu'elle a l'air d'être de la police. Celles qui s'occupent des voleurs de sacs à main. Avec un stylo à gaz lacrymogène. »

Naturellement, Elizabeth avait arrêté de regarder les flammes. Elle regardait Roy Earle d'un air incrédule. Quant à lui, il dansait littéralement sur place.

« Qui êtes-vous ? » demanda-t-elle, comme si elle s'adressait à une punaise.

« Je suis Johnston Wade. Je suis le grand patron de la Johnston Wade Insurance Company, à San Jose. Qu'est-ce que vous voulez dire, qui je suis ? J'suis un gros bonnet et dans cette serviette, j'ai cent mille dollars, et dans ce sac, deux bouteilles de Jim Beam, et puis du fromage, et puis aussi une grenade. »

« Voici Roy Earle », dit Lee Mellon, en présentant le nouveau venu à Elisabeth. « Il est dingue et en cavale. »

« Vous ne croyez pas que j'ai cent mille dollars ? » demanda Roy Earle, en sortant les cent mille dollars de son porte-documents, et en les rangeant en liasses bien nettes de cent dollars.

Puis il se mit à genoux à côté d'Elisabeth. Il la regarda fixement dans les yeux et dit : « Vous êtes pas mal. Je vous donnerai trois mille cinq cents dollars si vous couchez avec moi. Cash. »

Elisabeth se serra dans son uniforme gris. Elle regarda le feu. Il y avait une bûche qui brûlait, mais il n'y avait pas de punaises pour la regarder, et lui souhaiter bon voyage.

« Nous ne voulons pas entendre parler de cela », dit Lee Mellon, en vaillant général sudiste.

Roy Earle regarda Elaine. On voyait la folie dégouliner sur lui comme la mousse de savon dans les cavernes de Carlsbad. « Je vous donnerai deux mille dollars », dit-il.

« Faut se débarrasser de ce type », proposai-je.

« T'en fais pas, Jesse, je m'en occupe. Je connais l'oiseau. » Lee Mellon se retourna et regarda Roy Earle avec insistance. « Ta gueule, mon vieux », dit-il. « Reste assis là, et garde tes lèvres bien à plat sur ta figure. »

Roy Earle alla s'asseoir contre la cloison en

bois. Il remit ses cent mille dollars dans sa serviette. Puis il posa cette serviette par terre et mit ses pieds dessus. Il resta assis là les pieds sur sa serviette, et il sortit une bouteille de Jim Beam du sac en papier.

Il ôta la capsule, il dévissa le bouchon, et se versa une grande rasade de whiskey dans la bouche. Il avala, GULP !, ça fit comme un bruit velu, étrange, vu qu'il avait pas un tif.

Il ajouta *UMMM-good,* fit claquer ses lèvres, et fit rouler ses yeux comme la pieuvre à la foire. Ensuite, il remit la bouteille dans le sac en papier, et prit l'air innocent du bébé qui vient de naître.

Ce qui eut pour effet de rendre Lee Mellon enragé.

« Minute, mon vieux. »

« Qu'est-ce qu'il y a, Amigo Mellon ? »

« Et les autres, mon vieux ? »

« Les autres ? »

« Ouais, ils peuvent pas y jeter un coup d'œil, à la Bible de 1611 que t'as dans ton sac ? »

« Oh, tu veux un coup à boire ? »

« Pas une ceinture de sauvetage. »

« Amusant. » Roy Earle éclata de rire, ôta les pieds de sur sa serviette, et se mit à battre des jambes en l'air. A la suite de quoi, il reposa ses pieds sur ses sous.

Il nous dévisagea, et soudain ce fut comme s'il n'était plus là du tout. Il était assis là, souriant, mais ce spectacle avait quelque chose d'effroyable. Son râtelier brillait, comme une tombe qu'on aurait illuminée la nuit. Il avait l'air dans un état terrible, avec presque plus rien d'humain.

Lee Mellon le regarda, hocha la tête, alla lui ôter le sac en papier des mains, l'ouvrit, en sortit la bouteille de Jim Beam, en avala une grande rasade, puis la tendit à Elizabeth qui fit de même, enveloppée dans son uniforme sudiste.

Elizabeth me tendit la bouteille. Je la donnai à Elaine, qui en but une gorgée modérée, et me la passa.

BANG ! Je me mis un grand coup de tête dans le plafond, mais le whiskey atténua la douleur. Roy Earle souriait toujours.

« Si on parlait un peu, Roy », dit Lee Mellon.

« Je m'appelle Johnston Wade. Je dirige la Johnston Wade Insurance Company à San Jose. Ma femme veut me faire boucler à l'asile parce que j'ai acheté une nouvelle voiture : ma Bentley Bomb. Elle veut tout mon argent, et mon fils qui est étudiant à Stanford et ma fille qui est étudiante à Mills College, aussi.

« Ils veulent coller papa à l'asile, boucler papa chez les dingues. Mais nous avons une petite surprise pour eux. Je viens de me faire filer une amende de deux cents dollars pour excès de vitesse et ils peuvent tous aller se faire foutre.

« Qu'est-ce que vous en dites, hein ? Papa est trop malin pour eux. Alors je suis allé à la banque et j'ai tout retiré, l'argent, les actions, les titres, les bijoux, et puis j'ai aussi acheté une grenade. »

Il fouilla dans le sac et sortit la grenade en

question, et il la fit voir, comme s'il venait de la sortir du chapeau d'un prestidigitateur.

« Je l'ai achetée à Watsonville. Dix cents. Le meilleur placement de ma vie. Cette salope à Mills College apprend l'arithmétique, et la danse moderne, et comment enculer son vieux papa pour lui piquer tous ses sous, mais voilà toujours une pièce de dix cents qu'elle n'aura pas.

« Quant à ce con de fils à Stanford, qui étudie la médecine, voilà une dime qu'il ne pourra pas piquer dans le gosier de son vieux. Ha-ha.

« Et puis ma psychopathe de femme, qui passe sa vie à jouer au bridge, et qui veut me faire enfermer parce que j'ai envie d'une Bentley Bomb. Les dix cents que j'ai dépensés pour cette grenade, c'est toujours ça qu'elle ne dépensera pas avec son amant à Morgan Hill.

« C'est moi qui dirige la Johnston Wade Insurance Company à San Jose. Je suis Johnston Wade en personne. Parce que j'ai cinquante-trois ans et que j'ai envie d'une voiture de sport, ils s'imaginent qu'ils vont me mettre au cabanon. Les salauds.

« Mon avocat m'a dit de retirer tout ce que j'avais jusqu'au dernier cent et d'aller me planquer. Voilà pourquoi je suis en cavale. Ici, ils ne me trouveront pas. Hein, Amigo Mellon ?

« Mon avocat va m'envoyer un télégramme à mon pavillon de chasse de San Diego. Près de l'endroit où j'ai tué mon élan et mon ours de Kodiak.

« Il va m'envoyer un télégramme quand tout

ira bien, et qu'il aura mis un terme à leurs plans. N'est-ce pas, Amigo Mellon ? »

Et là-dessus, il se tut. Il nous fixa avec ce sourire stupide. Il nous avait raconté tout ça comme un prisonnier de guerre qui donne son nom, son grade et son numéro matricule.

***

Un corbeau avait réussi à se fabriquer un cocon, poussé par la peur du désert. D'autres créatures, des souris, des scarabées, des lapins, s'étaient également fabriqué des cocons, usurpant ainsi le rôle des araignées qui maintenant se traînaient sur le sol comme de longs vers minces, à guetter les tombes.

Un garçon de seize ans, son uniforme de travers comme un terrain de jeux dans un tremblement de terre, était étendu mort à côté d'un homme de cinquante-neuf ans, avec un uniforme solennel comme une église, complet, fermé, mort.

LEE MELLON AU SIEGE DE SAN JOSE

Nous restâmes accablés. Lee Mellon l'emmena. Il était complètement écrasé. Personne ne disait rien. Impossible de dire un seul mot. Les étoiles au-dessus de la mer étaient également silencieuses. Il le fallait bien.

Elizabeth retourna regarder fixement les flammes. Elaine s'assit. Elle attendait. Moi aussi, et même l'attente attendait, juste après les étoiles qui, elles, attendaient depuis plus longtemps encore.

« HOURRA POUR L'AMIGO MELLON ! » hurla Roy Earle dans la cabane voisine.

« TA GUEULE, EH, CINGLE ! »

« HOURRA POUR L'AMIGO MELLON ! »

« CINGLE ! CINGLE ! »

Puis le silence, et les étoiles au-dessus de nous... Elizabeth silencieuse. « Du café ? » dit Elaine, en essayant de faire surgir la réalité dans cette situation. Ce qui me fit songer à un grand chef français en train d'essayer d'intégrer de l'oignon sauvage à sa cuisine.

« Ce sera chouette », dis-je, m'efforçant de retomber sur terre. La réalité valait mieux que ce que nous avions là.

Elaine fit du café. Aucune amélioration.

J'eus la vision de Lee Mellon en psychiatre : le seul psychiatre sudiste au monde, formé à Zurich, drapé dans un drapeau déchiqueté par la mitraille, Maryland ! — My — Maryland ! psychiatre de Big Sur, des rêves, et de cette réalité que nous avions là.

Elizabeth regardait toujours fixement les flammes, et le café d'Elaine devenait un signe de nervosité. Elle ne cessait de tripoter sa tasse.

« PAUVRE CINGLE ! » hurla l'Amigo Mellon à travers l'obscurité de la nuit. La psychiatrie en action : encore une âme sur le chemin de la lumière, grâce à notre vaillant psychiatre, couronné de lauriers et en train d'en recueillir d'autres.

« On dirait qu'il a des ennuis », dit Elizabeth.

Quant aux étoiles, elles ne disaient toujours rien. Elles attendaient. Ma tasse de café fut changée en ours polaire albinos : je veux dire qu'il devint froid et noir. Je le lançai dans la mare.

C'est alors que Lee Mellon apparut. Il avait l'air fatigué. Il arrivait, une bouteille de whiskey dans chaque main. Il nous offrit une tournée, répandant le whiskey comme une musique martiale. « On pourrait aussi bien lui laisser un fusil chargé », dit Lee Mellon. « Ce type est complètement tapé. Le seul moyen, c'est de le traiter en cinglé. Il n'y a que ça qu'il comprenne, vu qu'il est complètement tapé. »

« Oui, il est bien parti. » C'est moi qui avais dit ça.

« Oui », ajoutèrent ces dames.

Le whiskey, ça marchait pas mal. J'aurais bien voulu que les étoiles participassent à cette tournée générale. A contempler ainsi éternellement les mortels, elles doivent bien avoir besoin d'un remontant de temps en temps, surtout par une nuit comme celle-ci. On s'est soûlés.

« Qui c'est ? » (Encore moi.)

« Il est venu ici il y a six mois », a dit Lee Mellon. « Il m'a raconté la même salade. Il est resté trois jours. Il est fou comme un serpent à sonnettes pendant la canicule, le vrai dingo. Puis il m'a emmené chez lui à San Jose. En route, on a fait les bars de Nepenthe pendant un jour ou deux, et il y a claqué deux mille dollars.

« La gueule de sa famille quand ils m'ont vu. Ils étaient exactement comme il me les avait décrits. Sale temps.

« Il voulait me donner un camion qu'il avait dans son garage. Sa bicoque, c'était quelque chose : trois étages, d'immenses pelouses, des fleurs partout. Un jardinier japonais. Vous savez, ces maisons fantoches dans les collines au-dessus de San Jose, où fleurit la grosse galette.

« Je suis resté avec lui pendant un mois. Bon dieu, comme cette famille de cons pouvait me détester. Et moi ce que je voulais, c'était ce bon dieu de camion.

« Je suis resté là à boire du bon vin qu'il achetait par caisses, et à écouter des disques sur sa chaîne stéréo. Il m'a emmené manger dans tous les restaurants chic de San Jose. La bouffe, les vins fins, tout. Le type pas emmerdant, la belle vie, peinard.

« J'ai bien dû lui boire dix caisses de son pinard. Ce que ma vue pouvait les faire chier, les autres. Cette chaîne stéréo devait bien avoir une bonne centaine de baffles. Alors je mettais la zizique à tout casser, ils étaient tous en larmes. Moi ce que je voulais, c'était ce bon dieu de camion.

« Dans ce camion, Roy y a entassé pour peut-être deux mille dollars d'équipement de camping tout ce qu'il y a de perfectionné, du vin, du homard en boîte, toutes sortes de trucs. Et il m'a tout donné, sauf les clefs.

« De temps en temps, j'allais au garage voir le camion. C'était un fameux spectacle. Le type était complètement tapé. Juste un fou. Presque comme il est aujourd'hui. Il n'y a que comme ça qu'on peut le traiter, comme un fou. Faut lui dire de fermer sa gueule, de s'asseoir, d'aller faire pipi, etc.

« La fille, ce qu'elle ne pouvait pas encaisser, c'était quand je gueulais à son père : " TA GUEULE, EH, CINGLE ! " Un matin que j'étais étendu dans une mare de vin, j'ai soudain été réveillé par la femme du gars. Elle m'a dit : " Faut partir, je viens juste d'appeler la police. Il vous reste soixante secondes pour décamper, espèce d'éponge. "

« J'ai jeté un petit coup d'œil, voir si je n'apercevais pas Roy. Bien sûr, il était parti. Ils avaient dû le faire mettre en observation.

Alors il a fallu que je foute le camp, sans camion, sans rien.

« J'étais encore tellement bourré que j'ai oublié mes chaussures. Je suis revenu ici sans chaussures. Fameuse balade. J'ai fini par trouver un camion de fumier qui m'a pris en stop, assis dans la merde.

« Je ne l'avais pas revu depuis. Je pensais qu'ils avaient réussi à le faire enfermer. Parce qu'il est bon à enfermer, mais il est pas si con, loin de là.

« Pendant que j'étais là-bas dans l'autre cabane, il s'est éclipsé et il est allé enterrer ce porte-documents bourré de fric. Puis il est revenu, couvert de terre. On aurait dit qu'il venait de se faire violer par un fossoyeur. »

⁂

OU EST AUGUSTUS MELLON ? en première page du Wilderness Bugle. *Robert E. Lee : voir page 17. Voir également page 100 une captivante histoire sur les alligators.*

FEUX DE CAMP A BIG SUR

Je vois s'arrêter devant moi une armée en campagne,
Au fond d'une vallée fertile, avec des granges, et les vergers de l'été,
Plus loin, les degrés d'une montagne abrupte, où se dressent des sommets vertigineux,
Déchiquetés, avec des pans de rochers, des cèdres suspendus et de grandes masses indistinctes,
Les nombreux feux de camp éparpillés ici et là jusqu'au flanc de la montagne,
Les silhouettes obscures des hommes, des chevaux, vacillent, énormes, dans les flammes,
Et par-dessus tout cela — le ciel, le ciel ! constellé d'étoiles éternelles.

Walt WHITMAN (1819-1892).

Nous avons fini le whiskey une heure avant l'aurore. On aurait dit la prophétie d'une bataille étalée à nos pieds. Les étoiles s'attardaient dans le ciel, elles restaient suspendues au-dessus de notre avenir avec de la corde à tableaux. C'est alors que nous vîmes l'incendie en direction de la côte, à peut-être trois ou quatre cents mètres. Le feu grandissait à vue d'œil, et prenait des proportions impressionnantes.

Lee Mellon partit en courant, je filai sur ses talons en trébuchant. Nous arrivâmes juste à temps : une seconde de plus, le feu échappait à tout contrôle.

Pendant que nous tentions de l'éteindre, en frappant dessus avec des branches et en y jetant de la terre que nous arrachions avec nos ongles, à jeter du feu sur le feu en tentant d'éteindre ce feu, Roy Earle répétait tout le temps : « Ha-ha le feu ! »

Je crus que Lee Mellon allait lui cogner dessus, mais Lee Mellon se contenta de l'asseoir et de lui dire de mettre les mains sur ses yeux. Ce qu'il fit, tout en répétant : « Ha-ha le feu ! » Mais déjà il n'y avait plus de feu.

« J'espère que du phare ils n'ont rien vu », dit Lee Mellon. « C'est à quarante kilomètres d'ici, mais ils ont de drôlement bonnes vues, et je n'ai pas envie de les voir s'amener pour fourrer leur nez partout. Ça n'aurait aucun sens. »

Nous sentions la fumée, nous étions tout noirs, couverts de sueur, épuisés et nerveux. On avait bonne mine, comme des boy-scouts montés en graine et qui viennent de maîtriser un sinistre.

Roy Earle était assis là, frais comme un gardon, les mains sur les yeux, symbole même de l'innocence, sauf pour ce *ha-ha le feu*. Et puis soudain, submergeant tout, cette immense brigade d'incendie transcendantale de l'histoire américaine, Walt Whitman, capitaine des pompiers, avec toutes ces étoiles comme autant de voitures d'incendie suspendues en l'air et d'où jaillissaient des flots de lumière.

∴

Le soldat Augustus Mellon, trente-sept ans, ancien trafiquant d'esclaves, résidant dans une célèbre université du Sud, détalait dans le désert parmi les morts qui jonchaient le sol comme les pièces d'un jeu d'échecs. La peur s'accrochait à toutes les coutures de ses vêtements et l'aurait fait aux bottes, si toutefois il en avait possédé une paire.

Pieds nus, il franchit un ruisseau où gisait une branche abattue, et c'est alors qu'il vit un cheval qui se consumait dans les buissons, et un corbeau couvert de toiles d'araignée, et deux soldats morts allongés côte à côte, et il entendait presque son propre nom, Augustus Mellon, lancé à sa poursuite.

LA DECOUVERTE DU LAURIER

Là-dessus, nous sommes tous allés nous coucher. Elaine et moi dans la maison de verre. Il y avait des cailles au bord du jardin et elles sont reparties se cacher dans la montagne.

Lee Mellon a fait quelque chose à Roy Earle. Je ne sais pas quoi, mais il a dit que Roy Earle ne provoquerait plus d'incendies pendant qu'ils dormiraient, le général sudiste et sa dame.

« Je suis très fatiguée », a dit Elaine comme nous nous couchions.

« Tu sais quelque chose ? »

« Non, quoi ? »

« La prochaine fois que tu entendras des coups sourds, s'il te plaît, oublie-le. »

« D'accord », et nous nous sommes blottis l'un conte l'autre. Les nuages s'amoncelaient et nous avons pu dormir sans que la chaleur du soleil entre par la fenêtre.

Nous nous sommes réveillés au milieu de l'après-midi. « Je voudrais bien qu'on m'enfile », a dit Elaine.

O.K. Je l'enfilai donc, mais j'avais la tête ailleurs. Je me demande bien où.

Quand nous sommes arrivés dans la cabane,

Elizabeth était là. Dieu, qu'elle était belle. Elle a dit : « Bonjour. »

« Salut », avons-nous répondu.

« Où est Lee ? » ai-je demandé.

« Il est allé chercher Roy. »

« Où est Roy ? »

« Je ne sais pas. Lee l'a mis quelque part. »

« Je me demande où il l'a mis », a dit Elaine.

« Je ne sais pas mais Lee a dit qu'il ne pourrait pas provoquer d'incendies. Roy y était certainement déjà allé, parce qu'il a dit : « Je ne veux pas y aller. » Mais Lee lui a dit qu'il pouvait emporter une couverture. « Qu'est-ce que ça peut bien vouloir dire ? » a demandé Elizabeth.

« Je me le demande », ai-je dit. « Il n'y a pas tellement d'endroits où l'on puisse mettre quelqu'un. »

« Je ne sais pas, en tout cas, les voici. »

Lee Mellon et Roy Earle remontaient le sentier qui va jusqu'à la cabane d'en bas.

« Tu disais vrai, Amigo Mellon », dit Roy Earle. « C'était moins pénible qu'auparavant. Grâce à cette couverture. »

« Je te l'avais bien dit. »

« Ouais, mais je n'y croyais pas. »

« Il faut avoir plus de foi », dit Lee Mellon.

« Pas facile d'avoir la foi en quelqu'un quand tout le monde essaye de vous faire enfermer », dit Roy Earle.

Et ils se retrouvèrent parmi nous.

« Bonjour », dit joyeusement Roy Earle. Il donnait l'impression d'avoir les muscles un peu engourdis, mais sur le plan mental il avait l'air d'aller beaucoup mieux.

« Salut », a dit Lee Mellon. Il est venu embrasser Elizabeth sur la bouche. Ils se sont enlacés.

J'ai regardé les alligators dans la mare. Soixante-quinze pour cent de leurs yeux me fixèrent.

Puis nous avons pris le petit déjeuner.

Roy a pris un copieux petit déjeuner avec nous et puis sa folie l'a repris, apparemment encouragée par la nourriture qu'il avait absorbée.

« Personne ne trouvera mes sous, parce que je les ai enterrés », a dit Roy Earle.

« Il nous emmerde avec ses sous », a dit quelqu'un. Moi.

Roy s'est mis à creuser entre les pierres du foyer et il a trouvé quelque chose de caché derrière. Enveloppé dans du plastique.

Roy a ouvert le paquet, il l'a examiné très soigneusement, il l'a reniflé, puis il a dit : « On dirait de la marijuana. »

Lee Mellon est allé jusqu'à lui. « Fais voir ça. » Il a regardé à son tour. « C'est de la marjolaine », a-t-il dit à Roy Earle.

« On dirait bien de la marijuana. »

« C'est de la marjolaine. »

« Je parierais bien mille dollars que c'est de la came », a continué Roy Earle.

« Non, puisque c'est de la marjolaine. C'est très bon dans les spaghetti », a dit Lee Mellon. « Je vais mettre ça dans la cuisine. Je m'en servirai la prochaine fois qu'on fera des spaghetti. »

Lee Mellon alla mettre la came dans la cuisine. Roy Earle haussa les épaules. Le reste de la journée se passa tranquillement. Mon dieu qu'Elizabeth était belle. Elaine semblait nerveuse. Roy Earle s'absorba dans la contemplation des alligators.

Il les regardait en souriant, et cela l'occupa tranquillement jusqu'au coucher du soleil. SOUDAIN il regarda fixement la mare et il dit d'une voix dans laquelle roulait des tremblements de terre, des épidémies et des apocalypses: « NOM DE DIEU, DES ALLIGATORS ! »

Lee Mellon l'a emmené, bouleversé.

« Ce sont des alligators, des alligators. Ce sont des alligators. » Il répétait ça interminablement, et nous avons fini par ne plus l'entendre.

Lee Mellon l'a remmené là où il l'avait mis la première fois, je me demande bien où. Je ne veux même pas y songer : un drapeau sudiste flotte sur Zurich.

***

Il vit des soldats nordistes qui traversaient le fourré. Il plongea face contre terre et fit le mort, mais ça n'aurait fait aucune différence s'il avait été mort et s'il avait prétendu être vivant. Les soldats nordistes avaient si peur qu'ils ne l'ont pas vu. D'ailleurs, aucun d'eux n'avait de fusil. Ils les avaient jetés et ils étaient à la recherche d'un Sudiste à qui se rendre. Naturellement Augustus Mellon n'en savait rien, allongé là, prétendant avoir fermé les yeux pour toujours, la respiration arrêtée pour l'éternité.

ROULE, LEE MELLON,
ROULE COMME L'EAU DE LA RIVIERE

Lee Mellon est revenu sans Roy Earle. « Il est peinard, comme une punaise dans une carpette. »

« Où le mets-tu ? » lui ai-je demandé.

« Ne t'en fais pas. Il est O.K. et il a une vue magnifique sur l'océan. Après tout, c'est un cinglé. On peut pas le laisser courir et transformer Big Sur en torche. Il est O.K. T'en fais pas. »

« C'est de la psychologie analytique à la Jung, hein ? » (Moi.)

« N'essaye pas d'être drôle », a dit Lee Mellon. « Il est O.K. Je prends bien soin de lui. »

« O.K. Après tout, c'est toi l'interne, ici. »

« Est-ce que je peux aller chercher la came ? » a demandé Lee Mellon. « Toi je ne sais pas, mais moi je fumerais bien quelque chose. Partir un peu. O.K. ? »

« O.K. »

Lee Mellon est allé dans la cuisine et il a pris la came qu'il avait mise là où l'on garde les épices.

« Alors c'était bien de la marijuana que Roy

avait trouvée derrière la cheminée ? » a murmuré Elaine à mon oreille.

« Oui. »

« C'est un drôle de type, ce Lee Mellon, hein ? »

« Ouais. T'as déjà essayé ? »

« Non », dit-elle.

« Ah, la came », a dit Lee Mellon, revenant de la cuisine, avec à la main le petit sac de plastique.

« Ah, le redoutable narcotique, la racine maudite. Le mal », a-t-il déclaré. « Moi, j'étais très pieux, jusqu'au jour où je suis tombé sur cette merde. Allons. »

« Moi, j'ai jamais essayé », a dit Elaine. « Comment c'est ? »

« Vite ! vite ! » a dit Lee Mellon, sur le ton d'un bonimenteur forain. « La came ! Voyage organisé ! Avec tous les détails ! Un philosophe de quatre-vingt-neuf ans, à la renommée mondiale, arrêté dans une fumerie fréquentée par les musiciens de jazz ! Il affirme qu'il croyait que c'était du thon ! Tous les détails ! Tanger ! Tanger ! L'Albanie ! »

Elaine hésitait encore. Elisabeth souriait. Mentalement je notais tout. Lee Mellon prit un journal et il étala dessus la marijuana, qu'il commença à trier, séparant soigneusement les tiges, les graines, très soigneusement.

« Ah, la marijuana ! » répétait Lee Mellon. «La came, la bonne came. Ma maman m'avait bien dit de m'en méfier, et le curé m'avait averti : ça me pourrirait les cellules du cerveau. Mon papa m'a pris sur son genou et il m'a dit : " Faut pas jouer à la ferme avec ça, mon gars. Parce qu'une vache a pondu un œuf ce matin, et un des lapins a voulu mettre une selle sur son dos. " Ah, la came. »

Je n'avais jamais fumé avec Lee Mellon, et cela semblait devoir être une expérience toute nouvelle. Et ce jeune camé paraissait bien connaître son affaire.

Il roula soigneusement une cigarette, il l'alluma et la passa à sa jeune dame sudiste. Elle aspira profondément et la passa à Elaine. Qui ne sut pas trop quoi en faire.

« Avale la fumée. Et garde-la autant que possible. »

« Bien. »

Elle a fait ce que je lui avais dit. Brave fille. Puis elle me l'a passée. J'ai rempli mes poumons avec la fumée et je l'ai tendue à Lee Mellon, et nous avons continué à faire ainsi le tour, et on était comme des cerfs-volants, on planait.

A la cinquième, Lee Mellon s'est mis à rigoler, et il ne s'est plus arrêté, sans dire un seul mot.

« Pas mal », a dit Elaine. « Mais je ne me sens pas différente du tout. C'est pas une révolution. » Et tout en me parlant, elle regardait fixement les flammes.

Elizabeth était comme un cygne infini. Je veux dire que cette qualité émanait d'elle et flottait dans la pièce. « Je me sens bien », dit-elle.

Lee Mellon continuait à rigoler. Il a ramassé les mégots calcinés et voilà-t-il pas qu'il s'est mis à bouffer soigneusement les papiers, et avec les contenus il a fabriqué un cigare comme un bombardier B-17. Il l'a allumé, c'était comme la D.C.A. au-dessus de Berlin. Alors là, on s'est mis à planer complètement.

Elaine continuait à regarder fixement le feu. Elizabeth jouait avec ses cheveux. Elle regardait Lee Mellon qui continuait à se marrer.

Il semblait avoir complètement perdu le don de la parole. Je me suis mis à faire les cent pas en disant des choses comme : « Hummm, hummm, tu sembles avoir perdu le don de la parole. » Et Lee Mellon de rire de plus belle.

« Tu peux pas parler, hein ? »

Lee Mellon a secoué la tête pour dire non.

« Tu m'entends ? »

Lee Mellon a levé deux doigts.

« Bien. Il a de toute évidence perdu le don de la parole, mais il entend toujours. Parfait. »

Lee Mellon avec ses deux doigts a mimé les bombes qui tombent sur une ville.

« Bien, c'est la communication. Oui et non. Il a pas perdu le contact avec le monde des vivants. Peut-être que tu peux pas parler, et tenir une grande discussion politique, mais tu peux toujours agiter deux doigts pour dire oui et secouer la tête pour faire non. Allez, on essaye encore. Deux doigts pour dire oui, la tête pour faire non. »

Ce qu'il fit en riant comme une bonne demi-douzaine de hyènes à l'envers et couvertes de plumes de poule.

« Oui, oui, pas mal. Après un examen soigneux, j'affirme que cet homme est sous l'influence d'un narcotique. »

Avec ses deux doigts, Lee Mellon a fait le V de de la victoire, comme Winston Churchill.

« Oui, oui, cet homme me fait penser à David Copperfield et aux sordides aventures de Mr. Dick avec ses cerfs-volants érotiques, neurotiques et buboniques.

« Cet homme est de toute évidence dérangé. Sans doute ne paye-t-il jamais son loyer, il vole des narcotiques, et dans sa valise il a une paire de nageoires de phoque.

« Oui, cet homme est bien sous l'influence des narcotiques. Il a probablement aussi dans sa valise un costume de Thomas De Quincey, en même temps que ces nageoires de phoque. »

Lee Mellon se mit à taper sur le sol comme un phoque et à pousser des cris de phoque. Et dire qu'à peine une heure auparavant il s'occupait de Roy Earle, et maintenant c'était lui qui avait besoin d'un gardien.

La scène amusait beaucoup Elizabeth, mais elle se contenta de dire : « Lee est bien parti. »

Elaine était penchée sur le feu. Elle ne détachait pas ses yeux des flammes. On aurait dit que c'était la première fois de sa vie qu'elle voyait le feu. C'était le feu pour elle.

« Laisse tomber, Mellon », lui ai-je dit. « Même Jack London a laissé tomber ça : il trouvait ça trop con. Fais-nous quelque chose de plus original. »

Lee Mellon a continué à taper des mains comme un phoque. Il avait l'air de trouver ça très amusant. Mon attention s'est alors fixée sur les cheveux d'Elizabeth. J'étais déjà pas mal parti moi-même. Je me faisais l'effet d'un mariage en blanc.

« Pas si mal », a dit Elaine.

Lee Mellon leva deux doigts et les cheveux d'Elizabeth confirmèrent cela.

⁂

Après la fuite précipitée des soldats nordistes, Augustus Mellon a attendu un moment avant d'essayer de revenir à la vie. Une fourmi se mit à lui ramper sur la main. Cette fourmi se déplaçait comme si elle avait eu un passeport pour les rhumatismes. Augustus Mellon lança toute une bordée de jurons silencieux. Etre mort, c'était une chose, ceci, c'en était une autre.

LES ALLIGATORS SANS COTES DE PORC

Au bout d'environ deux heures de rires sans paroles, Lee Mellon se leva et sauta dans la mare où les deux alligators affolés barbotaient frénétiquement dans l'eau sombre.

« GRRR ! — opp/opp/opp/opp/opp/opp/opp/opp ! » Ils lui glissaient entre les mains comme s'il avait été un prestidigitateur maladroit, en train de rater des tours particulièrement incohérents.

Il lui fallut un bon quart d'heure pour en attraper un. Il était toujours incapable de parler, et il n'avait pas cessé de rire. Quel spectacle !

Il fit alors un grand salut de général sudiste et donna l'alligator à Elizabeth. Elle accepta le cadeau avec une solennité malicieuse. Elle lui envoya un baiser. Tout cela était fort touchant.

Lee Mellon sauta à nouveau dans la mare, je ferais mieux de dire qu'il y dégringola, et il s'y étala la tête la première, dans une gerbe d'eau.

C'est le moment précis où Roy apparut dans le rond de lumière du feu. Il était enchaîné au tronc d'un arbre énorme, et qu'il traînait depuis Dieu sait combien de temps. Horrible.

« Mais que fait donc l'Amigo Mellon ? » demanda-t-il, s'informant ainsi des occupations de son psychiatre sudiste, qui remontait à la surface en barbotant, avec ce rire qui jaillissait de l'eau.

« Il attrape les alligators. »

« OH, MON DIEU, NON ! NON ! NON ! » hurla Roy Earle. Là-dessus il ramassa son tronc d'arbre et disparut dans la nuit en le tirant derrière lui. Il était apparu comme un spectre et il disparut de même. Nous étions étrangers à ses mouvements. C'était juste un spectre enchaîné à un tronc d'arbre qui s'enfuyait devant les alligators de Big Sur.

Lee Mellon surgit hors de l'eau avec un alligator accroché par les dents au col de sa chemise. Lee Mellon sortit de la mare d'un pas ferme et entra dans la maison, l'alligator toujours pendu à son cou comme un médaillon.

⁂

Il tomba sur un capitaine nordiste sans tête allongé parmi les fleurs. Sans yeux et sans bouche, avec toutes ces fleurs au ras du cou, le capitaine avait l'air d'un vase. Mais cela n'émut pas Augustus Mellon au point de lui faire oublier les bottes du capitaine. Bien que la tête du capitaine fût absente de ce monde, ses bottes étaient bien réelles, et les pieds d'Augustus Mellon s'imaginaient très bien en train de frétiller dedans. Le cuir de ces bottes de capitaine mit donc fin à ces imaginations. Le soldat Augustus Mellon laissa alors ce capitaine encore plus démuni, encore plus incapable de dominer la réalité.

QUATRE COUPLES : SEQUENCE AMERICAINE

Avant d'aller se coucher, Elaine était convertie à la marijuana. Quant à Elizabeth, elle était partie avec Lee Mellon.

Ils avaient emporté les alligators avec eux. J'ignore si Lee Mellon pouvait parler ou non. Elizabeth dit qu'elle pourrait conduire.

Je regardai où était passé Roy Earle. Je n'avais pas envie qu'il aille se balader sur la grand'route enchaîné à son tronc d'arbre. Il aurait pu attirer l'attention à tort. Du diable si je sais quelle attention il aurait pu attirer à raison. Tout était vraiment très étrange.

Roy Earle ! Roy Earle ! J'avançais, ma lanterne à la main. J'avais laissé Elaine devant le feu, qui décidément la fascinait. Elle affirma qu'il y avait dans ce feu qulque chose de nous tous. C'est ça, lui dis-je en lui recommandant de m'attendre bien gentiment.

« Roy Earle ? Coucou, Roy Earle, où il est ? » Je le cherchai partout et j'arrivai finalement à la dernière cabane. « Roy, tout est arrangé. Les alligators sont partis. Tout est OK. Vous pouvez vous montrer, c'est plus la peine de vous cacher. Johnston Wade ? Mr Wade ? Mr Wade, de la Wade Insurance Company ? »

« Je suis ici », dit une voix assez calme. « La Wade Insurance Company est ici. Dans la cabane. » On n'aurait pas dit la voix de Roy Earle, mais aurait-ce pu être la voix de quelqu'un d'autre ?

J'ouvris la porte de la cabane et j'entrai avec ma lanterne. Mr Johnston Wade était là, dans le sac de couchage à deux places. Il y avait quelqu'un avec lui dans ce sac. Je crus un moment que c'était Elizabeth. Mais non, c'était impossible. Comment cette idée m'était-elle venue ?

« Qui est-ce qui est avec vous ? »

« C'est le tronc », répondit Johnston Wade. « Je n'ai pas réussi à m'en débarrasser, alors je l'ai mis dans le sac avec moi. »

« Ça va ? Vous êtes bien ? »

« Ouais. Mais la plupart du temps, je suis cinglé. Je ne sais pas ce que je dis ou ce que je fais. Au fait, où suis-je, et qui êtes-vous ? »

« Vous êtes à Big Sur, et moi, c'est Jesse. »

« Salut, Jesse. »

J'ai détourné la lanterne et il y a eu un moment de silence, puis il a dit soudain : « Bon, c'est aussi bien comme ça. Laissez-moi maintenant, s'il vous plaît. Je suis très fatigué. »

« Vous voulez que je vous aide à vous débarrasser de cette chaîne ? »

« Non, merci, ça va très bien comme ça. J'aime même plutôt ça. Ça me rappelle ma femme. Bonne nuit. »

« Bonne nuit. » Je suis revenu et j'ai sauvé

Elaine du feu. Je me faisais l'effet d'un drôle de saint-bernard en train de sauver un skieur perdu dans le feu.

« C'est beau », dit-elle, « et tu sais que nous sommes tous dedans. »

« C'est ça, allons nous coucher. »

Et nous sommes passés sans effort par le trou dans le mur de la cuisine.

« Où sont Lee et Elizabeth ? » a-t-elle demandé.

« Ils sont partis avec la voiture d'Elizabeth. Ils ont emporté les alligators. Je ne sais pas où ils sont allés. »

« Je les ai vus dans le feu. »

***

Le soldat Augustus Mellon avançait. Tout autour de lui, les bruits de la guerre semblaient comme amplifiés par une loupe. Alors, au milieu de la fusillade, il entendit qu'on mettait l'artillerie en batterie. C'était comme si l'on avait ajouté de nouveaux muscles au désert.

REVEILLE PAR LES TAMBOURS !

Je ne sais pas combien de temps nous avons dormi — j'avais rêvé d'Alfred Hitchcock ; il affirmait que la guerre de Sécession, c'était très bien — avant qu'Elaine ne me secouât : *Oh, non.*

Je ne voulais pas me battre. Il n'y avait aucune raison pour que je me batte. J'ouvris les yeux. C'était le matin, il était tôt, et ce matin me semblait aussi étrange que tous ces derniers événements. Il y avait des nuages, il faisait frais, et à travers la vitre l'air semblait mort.

« Qu'est-ce que c'est ? » demandai-je.

« Le tambour. » Elle avait une voix lasse. « Tu entends ? »

Ouais, j'entendais. C'étaient des tambours, pas aussi violents que ceux de Walt Whitman, mais il n'y avait pas de doute, c'étaient des tambours.

Peut-être que l'armée sudiste allait se mettre en marche et envahir le Nord. Qui sait ? Pas moi, en tout cas. Des tambours.

« Ne bouge pas. »

Je m'habillai et je sortis voir ce qui se passait. Je m'attendais à voir des milliers de soldats sudistes en loques, en train de défiler le long de la Highway 1, avec la cavalerie qui chargeait à travers leurs rangs et les dispersait, et des centaines de fourgons chargés de vivres et de munitions, et l'artillerie qui passait au petit trot.

Je m'attendais à voir l'armée sudiste envahir Monterey, Californie, derrière ses tambours et ses drapeaux qui flottaient au vent le long de la Highway 1. Mais tout ce que je vis, ce fut Roy Earle, sans sa femme, assis près du trou dans le mur de la cuisine, et qui tapait de toutes ses forces sur une lessiveuse retournée.

« Qu'est-ce qui se passe ? » lui demandai-je.

« Rien. J'essayais seulement de faire venir quelqu'un. » Il avait l'air plutôt normal. « J'ignorais où tout le monde était parti. »

***

Augustus Mellon tomba par hasard sur une clairière où se trouvait un cours de musculation « de luxe » pour l'artillerie. C'est alors qu'eut lieu un assaut furieux par les troupes du Texas, les vétérans de Hood, contre l'armée de l'Union. Le général Robert E. Lee essaya de s'en mêler, mais ces Texans ne voulurent rien entendre, et c'est alors qu'arriva le 8e volontaires de Big Sur. Ils offrirent un coquillage à Traveller, le soldat Augustus Mellon hérita d'une paire de bottes neuves, et là-dessus, le 8e volontaires de Big Sur, composé de forts mangeurs de racines, se mit à danser en rond, avec au milieu le général sur son cheval, et tout autour d'eux, la guerre civile qui faisait rage. Ah ! c'était le bon temps, comme nous n'en avons plus connu depuis.

ADIEU, ROY EARLE,
ET QUE DIEU VOUS GARDE !

Lorsque Lee Mellon et Elizabeth sont revenus dans la voiture, Roy Earle allait très bien.

« Mais c'est Lee Mellon ! » s'écria Roy Earle. « Salut, amigo, Amigo Lee Mellon ! »

« Ouais », fis-je, « Amigo Mellon. »

« Comment s'est-il détaché ? » demanda Lee Mellon. La parole était revenue dans sa bouche comme les oiseaux dans le ciel.

« Je ne sais pas », répondis-je. « Pourquoi l'avais-tu enchaîné à ce tronc d'arbre ? Tu n'aurais pas pu trouver autre chose, Dr Jung ? »

« Je sais comment il faut le traiter », dit Lee Mellon.

« Ça, pour sûr. Il a passé une partie de la nuit à cavaler en traînant ce tronc d'arbre. Tu ne l'as donc pas vu, pendant que tu nous interprétais le rôle de Hamlet ? »

« Ne t'en fais pas », dit Lee Mellon, « tout va bien maintenant. »

« Tout va bien, oui. » J'avais dit cela comme une immense vague de vide me submergeait, comme un hôtel que ses occupants abandonnent soudain pour une raison évidente.

Pendant le petit déjeuner, Roy Earle resta

étrangement calme, comme s'il se composait un visage, et il n'avait pas la dernière bouchée dans la bouche qu'il recommença à se comporter comme la veille au soir, quand j'étais allé jusqu'à la cabane et que je l'avais trouvé couché avec son tronc d'arbre, couvert d'un sac de couchage vert, comme un homme dont la tête surgirait d'une prairie.

C'est alors qu'il dit : « Il est temps pour moi de rentrer. Nous sommes bien mercredi, n'est-ce pas ? »

« Oui », dit Elizabeth.

« Je dois voir un client à Compton. Alors je ne vais pas tarder à m'en aller. J'ai été très heureux de vous rencontrer, jeunes gens. Il faudra que vous veniez me voir à San Jose. »

« Oui », dit Lee Mellon.

Mr Johnston Wade avait l'air parfaitement normal, à part bien sûr ses vêtements et son corps, recouverts de la crasse de Big Sur. Il était assez chiffonné, il faut bien le dire.

« Oui, j'ai un rendez-vous très important, il faut que je m'en aille. »

« Comment vous sentez-vous ? » demanda Elaine.

« Très bien, ma belle. J'imagine que ma voiture doit être là-bas sous les arbres. »

« Vous avez votre argent ? » demanda Elaine, en jetant un coup d'œil interrogateur vers Lee Mellon : triste notoriété que la sienne.

« J'ai mon porte-documents », dit Mr Johnston Wade et il alla soulever cette horrible peau de bête qui ressemblait à la perruque de

Frankenstein. « Le voici. Je suis allé le chercher ce matin. »

« Parfait. » C'était moi qui intervenais.

Lee Mellon regarda fixement la mare. Sans ses grenouilles ou ses alligators, elle était bien différente. J'allais demander à Lee Mellon où il avait mis les alligators, mais je me dis qu'il valait mieux garder cette question en réserve jusqu'au départ de Mr Johnston Wade pour son rendez-vous d'affaires à Compton.

Il ôta les arbres empilés sur sa voiture. On lui dit alors au revoir. « N'oubliez pas de venir me voir à San Jose », hurla-t-il par la portière, comme il faisait marche arrière dans sa voiture de sport.

« Oui », dit Lee Mellon.

Bon voyage, Roy. Bon voyage. Allez, au revoir, Roy Earle, et soyez prudent, mais je ne me sentais pas bien du tout. Encore d'autres chambres qui se vidaient. Et l'ascenseur était plein de valises.

COURONNES DE LAURIERS, DRAPEAUX AU VENT, ON DESCEND !

Nous sommes redescendus vers la cabane. Le soleil apparut et une odeur très douce monta des sauges comme autant d'oiseaux invisibles qui se mirent à tourbillonner dans l'air autour de nous pendant que nous marchions, vers l'océan embrasé.

« Eh bien, nous voici débarrassés de ce Roy Earle », dit Lee Mellon. « Il ne faut pas manquer d'aller le voir à San Jose en passant, mais alors j'emporterai des chaussures de rechange, si j'étais vous, et une voiture pour foutre le camp. Mais c'est très marrant le temps que ça dure.

« Je recommande le vin hi-fi. A propos de vin hi-fi : allons jusqu'au Pacifique et quand on sera pleins on partira sur les vagues. Vagues et marijuana, c'est terrible.

« J'aime la façon dont elles s'écrasent comme des œufs sur le gril de l'Amérique du Nord. Pas mal, hein, pour ceux qui aiment la littérature. »

« Eh merde. Où sont les alligators ? » lui demandai-je.

« J'aimerais bien fumer quelque chose », dit Elaine.

« A Hearstville », dit Lee Mellon.

« Hearseville, comme un corbillard ? »

« Non, Hearstville. San Simeon. »

« Oh, mon Dieu, et qu'est-ce qu'ils foutent là-bas ? »

« On les a collés dans la mare. Comme dans *Citizen Kane.* Cela semblait être la meilleure solution », dit Lee Mellon. « Les grenouilles ont disparu. Elles ne reviendront plus.

« Elles ont probablement été se fourrer dans un trou comme Norwalk. Sous l'effet de ce bon dieu de choc psychologique provoqué par les alligators. Tu parles d'un remède.

« Nous avions cru que ces alligators allaient passer tranquillement le reste de leurs jours dans ce lieu confortable, en harmonie avec les temples grecs, et la bonne vie. Rien à voir avec la sécurité sociale. »

J'ai répondu : « O.K. Tout cela paraît raisonnable. »

Maintenant, j'étais vraiment parti. De petites vacances à l'abri du bon sens. Pendant que Lee Mellon s'occupait de la marijuana, je planais de plus en plus.

Elizabeth était comme d'habitude. Elle avait trouvé une écharpe écarlate, et Lee Mellon la lui avait nouée à la taille. Puis nous dégringolâmes le sentier rocailleux en direction du Pacifique. Cela faisait autour d'elle comme un drapeau sudiste.

Nous nous accrochions derrière comme des poissons dans un filet. C'est alors que nous vîmes trois baleines, et qui lançaient de hauts panaches d'eau toute blanche. Mes yeux quittèrent la taille d'Elizabeth pour se porter sur les baleines. Je m'attendais à voir des drapeaux sudistes flotter en haut de leurs jets d'eau.

LA FIN DE LA GRENADE, ENSUITE 186 000 FINS PAR SECONDE

L'océan Pacifique allait son cours inévitable, nous étions là sur son bord, et Lee Mellon roulait des cigarettes. Il en passa une à Elaine. Elle tira dessus avec avidité, puis me la tendit. Je la passai ensuite à Elizabeth, qui était comme une danse grecque oubliée dans les temps modernes.

Au bout de cinq ou six cigarettes, nos rapports avec l'Océan ont changé. Je veux dire que lui aussi est devenu léger et lent.

J'ai regardé Elizabeth. Elle était assise sur un rocher blanc, et le vent jouait avec le bout de sa ceinture rouge comme un drapeau. La tête dans les mains, elle regardait l'océan fixement. Lee Mellon était étalé sur le sable les bras en croix.

Elaine aussi regardait fixement les vagues qui s'entrechoquaient, comme des cubes de glace ou quelque chose comme ça.

Je les regardai, Elaine, Elizabeth et Lee Mellon. J'étais heureux de leur présence et des liens qui m'unissaient à eux, mais j'éprouvais un sentiment d'étrangeté, de confusion.

Tout ce qui s'était passé au cours de cette

dernière semaine, cela faisait beaucoup pour moi. Trop de vie, dans laquelle je me débattais. Je regardai Elizabeth.

Elle était très belle. Des mouettes survolaient l'Océan, filant comme sur les cordes d'une harpe. C'était comme du Bach ou du Mozart dans l'écume. Nous étions assis là tous les quatre, terrassés.

Elizabeth était très belle. Le vent se mêlait à ses cheveux, il soulevait le bord de sa robe blanche, il faisait se tordre le drapeau sudiste. Elaine était assise là, toute seule. Alors elle est venue me dire : « Allons faire un tour. »

« D'accord. » Mais était-ce bien ma voix ? Oui, sans doute. Nous avons marché, combien de temps, peut-être cinquante ans. Soudain Elaine m'a mis les bras autour du cou, elle m'a embrassé violemment sur la bouche, puis elle m'a glissé la main entre les jambes.

Pas pour jouer. C'était très sérieux. Eh bien. Elle a dit *j'ai envie*, comme une petite fille.

Elle a mis sa bouche dans ma bouche, mais je me sentais tout drôle, après une semaine aussi dure. Tout m'échappait, me semblait-il.

« Je vais te déshabiller », a dit Elaine.

Je me suis assis sur le sable. Il y avait de petits galets blancs et plein de mouches. Ces mouches se posaient sur moi. Elaine m'a ôté mes chaussures, puis mon pantalon et elle a remarqué que je ne bandais pas.

« Nous allons nous occuper de ça tout de suite », dit-elle. Elle m'a ôté mon slip. J'avais dû le mettre en me réveillant, mais je ne m'en souvenais plus. Ce n'était guère important mais j'en fus surpris. On ne devrait pas être surpris par des choses comme ça.

« Et ta chemise, maintenant. Regarde, tu n'as plus aucun vêtement. » Elle avait l'air très contente d'elle-même. Elle me semblait tout à fait étrangère, presque comme si elle avait été une autre.

Je me demandai ce que pouvait bien faire Elizabeth, mais je ne pouvais me rattacher à rien. Je fis envoler une mouche qui s'était posée sur ma jambe. Toutes ces mouches venaient d'un gros tas de varech que la tempête avait rejeté sur la plage. C'était il y a deux jours. Oui, sans doute.

« Moi, j'ai encore mes vêtements », a dit Elaine, et elle a ôté ses chaussures. C'était tout un numéro érotique. Mais je regardais tout ça comme si ç'avait été un flipper.

Elle a ôté sa chemise, fouettée par le vent. Le ressac claquait derrière elle comme des châteaux de marbre contre des verres de vin du Rhin.

Elle se déshabillait en y mettant tout l'élément dramatique possible. Cela me fit songer à *Hamlet*, un *Hamlet* bizarre, plutôt inquiétant, où Ophélie ôterait ses vêtements comme le faisait Elaine.

Le vent froid fit se dresser ses seins, dont les pointes devinrent comme des pierres. Sa peau avait dans tout ce froid comme une réaction cinématographique.

Elle portait une paire de jeans. C'était la première fois de la journée que je le remarquais. Elle a descendu lentement son pantalon sur ses reins, comme des statues qui descendraient une rivière sur un radeau.

Pourquoi diable faire cela ? Et je ne bandais toujours pas.

Je n'éprouvais aucun désir. Je regardai entre mes jambes. Je voyais les petits galets blancs. Une mouche se posa sur mon épaule. Je la fis s'envoler.

Elaine arrêta son jean juste à la moitié de son vagin. Ce qui me parut fort étrange. Je ne savais qu'en penser.

Impossible de bander. Ça viendrait peut-être plus tard. Bizarre. Elle pourrait peut-être m'aider. Et je ne me sentais pas très bien.

Bien sûr qu'elle m'aiderait. Ce n'était rien du tout.

Elle a ôté son jean, et elle s'est avancée vers moi d'un pas dansant. Elle s'est agenouillée devant moi. Je regardais les galets blancs sous ma bite. L'ombre de sa tête les a recouverts complètement.

Rien à faire. Les mouches couraient sur nous. Je me suis mis sur elle, ça marcherait peut-être, mais les mouches couraient toujours sur nous et il ne se passait rien. Et cela dura ainsi un bon moment.

Qui a dit que nous étions la créature dominante sur ce tas de merde ? Ces mouches qui me cavalaient le long de la raie du cul me faisaient un fameux cours de philosophie.

Puis la vérité devint éclatante : Elaine le ciel, Elaine l'océan Pacifique, Elaine le sable, Elaine le soleil, Elaine, Elaine, Elaine...

« Ça ne fait rien », a-t-elle dit, « ça ne fait

rien. » Le bruit était très joli. Il devrait exister un oiseau qui chanterait comme ça, quand on est impuissant.

« Pauvre chéri », dit-elle. « Tu es tellement bourré que tu n'arrives pas à bander. » Elle m'a gentiment embrassé sur la bouche. « C'est cela le problème, tu es camé. »

Nous sommes restés étendus là un moment. J'avais dû oublier comment pouvait être Elaine. J'avais été distrait par autre chose, ce qui chez moi n'a rien d'étonnant.

« Comment te sens-tu ? Allez, ne t'inquiète pas », a-t-elle dit.

*
* *

Une mouette est venue nous survoler. Nous nous sommes habillés et nous avons rejoint Lee Mellon et Elizabeth. Ils cherchaient quelque chose et Roy Earle était là et il cherchait aussi. Je n'en fus heureusement pas surpris.

« Vous avez perdu quelque chose ? » demanda Elaine.

« Ouais », répondit Roy Earle. « J'ai oublié ma grenade. Je me souviens l'avoir mise quelque part. Juste ici. »

« Elle doit bien être quelque part », a dit Elizabeth.

Lee Mellon regarda sous un rocher.

« Cette grenade m'a coûté dix cents », dit Roy Earle. « Elle représente pour moi beaucoup de choses. Je l'ai achetée à Watsonville. »

J'ai dit : « Allons voir là-bas. » Il n'y avait rien d'autre à faire, puisque après tout c'était notre destin. Il y a déjà longtemps, c'était notre avenir, de chercher ainsi cette grenade à Big Sur.

« Qu'est-ce que vous allez en faire de cette grenade ? » lui a demandé Lee Mellon.

« Je veux l'emporter à Los Angeles. C'est pour une affaire importante. »

Elizabeth leva les yeux en souriant. Lee Mellon reposa le rocher si exactement qu'il était impossible de voir qu'on l'avait déplacé.

Une deuxième fin

Une mouette vint nous survoler. Nous nous sommes rhabillés et nous avons rejoint Lee Mellon et Elizabeth. Ils étaient exactement comme nous les avions laissés.

Elizabeth était assise sur un rocher blanc. Lee Mellon était allongé sur le dos, les bras en croix sur le sable.

Rien n'avait changé. Ils étaient exactement pareils.

On aurait dit des photographies dans un vieil album. Ils ne disaient rien. Nous nous sommes assis à côté d'eux. Là où vous nous avez vus auparavant.

Une troisième fin

Une mouette vint nous survoler, son cri nous parvenait dans la lumière, son cri traversait historiquement des chansons de douce couleur.

Nous avons fermé les yeux, et l'ombre de l'oiseau s'est enfoncée dans nos oreilles.

Une quatrième fin

Une mouette vint nous survoler. Nous nous sommes habillés et nous avons rejoint Lee Mellon et Elizabeth. Roy Earle était avec eux. Je n'en fus heureusement pas surpris.

Ils étaient debout dans l'écume, occupés à jeter l'argent de Roy Earle dans l'océan Pacifique. Ils jetaient des poignées de billets de cent dollars.

« Que faites-vous ? » leur ai-je demandé.

Lee Mellon s'est tourné vers moi, les billets de cent dollars lui filaient encore entre les doigts, et flottaient sur l'eau tout autour de lui.

« Roy Earle ne veut plus de son argent, et nous l'aidons à le jeter dans l'Océan. »

« Nous n'en voulons pas non plus », a dit Elizabeth.

« Cet argent n'a servi qu'à me conduire ici », ajouta Roy Earle, tandis que les billets de cent dollars s'éparpillaient comme des oiseaux sur la mer.

« Prenez-les », disait-il en s'adressant aux vagues. « Emportez-les. »

Ce qu'elles faisaient.

Une cinquième fin

Une mouette vint nous survoler. Je tendis la main pour caresser ses douces plumes blanches, et sentir le sillage de son vol, mais elle me glissa entre les doigts et disparut dans le ciel.

186 000 fins par seconde

Les fins sont de plus en plus nombreuses : la sixième, la 53e, la 131e, la 9 435e, elles filent de plus en plus vite, elles s'accumulent, on arrive à 186 000 fins par seconde.

ACHEVÉ D'IMPRIMER SUR LES PRESSES
DE COX & WYMAN LTD. (ANGLETERRE)
LE 21 MAI 1984

N° d'édition : 1504
Dépôt légal : juin 1984